こゝろ

心

[日] 夏目漱石 著

陈锦彬 译

中国友谊出版公司

图书在版编目（CIP）数据

心／（日）夏目漱石著；陈锦彬译. -- 北京：中国友谊出版公司，2024.7（2025.2 重印）
ISBN 978-7-5057-5870-4

Ⅰ．①心… Ⅱ．①夏… ②陈… Ⅲ．①长篇小说-日本-近代 Ⅳ．①I313.44

中国国家版本馆CIP数据核字(2024)第077998号

书名	心
作者	[日] 夏目漱石
译者	陈锦彬
出版	中国友谊出版公司
发行	中国友谊出版公司
经销	新华书店
印刷	三河市龙大印装有限公司
规格	880毫米×1230毫米　32开
	8印张　158千字
版次	2024年7月第1版
印次	2025年2月第2次印刷
书号	ISBN 978-7-5057-5870-4
定价	39.80元
地址	北京市朝阳区西坝河南里17号楼
邮编	100028
电话	(010) 64678009

如发现图书质量问题，可联系调换。质量投诉电话：(010)59799930-601

夏目漱石
なつめ そうせき
1867.2.9—1916.12.9

1867年2月9日，日本江户的牛迂马场下横町一户叫作夏目的人家诞生了一个婴儿。旧历的这一天是庚申日。民间有一个迷信的说法，即在这一天出生的人，稍有差池就会沦为大盗，除非在名字里加个"金"字或者金字偏旁的字。为逃过此劫，这个孩子被起名为夏目金之助。

夏目家在江户地区原本有着庞大的势力，但在金之助出生之前，家族已逐渐没落，因此他的双亲并不期待这个第八子的降生。金之助出生后，一度被寄养在别人家，并在两岁时过继给严原家当养子，此后，因为养父母感情不睦，养父的工作又常有变动，金之助在童年时期经常迁居。这个孩子用童真的目光注视着一切，人性的虚浮和人世的动荡从此在他的心中埋下种子。

10岁时，夏目金之助终于回到亲生父母身边，他本以为这是人生漂流的终点，但命运从来不会让被选中之人平凡一生。金之助向往的幸福日子极其短暂，父兄一向与他不睦，并对他浓厚的文学志向不以为意，母亲在他15岁时因病去世。长到19岁，金之助离家，开始了外宿生涯。这些遭遇对于金之助的心境及日后的创作有很大的影响。

家庭的变动并没有磋磨掉金之助才华的光芒，正相反，尖锐的世事让金之助对学问越发有了兴趣。也许在先贤留下的浩瀚篇章中，金之助能找到抚慰他孤独内心的只言片语吧。

在夏目金之助成长的年代，虽然汉学因日本与西方的接触而逐渐衰落，但从汉籍大规模传入的公元7世纪，再到江户时代这一日本传统汉学集大成的时期，千年历程中，汉学在日本已经根系繁茂。夏目金之助自然也深受影响。他自幼喜欢汉学，14岁开始学习中国古籍，少年时曾立志以汉文出世。1888年，21岁的夏目考入东京第一高等中学，在这里，他与同学——后来的俳句运动倡导者正冈子规结为挚友，他从《晋书》取"漱石枕流"中的两个字，将颇具汉学意涵的"漱石"作为自己的笔名，以汉文评论正冈子规的《七草集》，并以汉诗体作游记《木屑录》。

　　1890年，23岁的夏目漱石进入东京帝国大学的文科大学英文科就读。他天资聪颖，成绩斐然，大学期间已不时发表学术论文，从事俳句写作。

　　1893年，夏目漱石大学毕业，他在校长的推荐下顺利进入东京高等师范任教。两年后，他辞职前往四国岛松山市中学任教，次年转入九州岛熊本市第五高等学校任英语教师，此后便一直担任教职到33岁，在熊本市定居了4年又3个月。在这4年多的时间里，夏目漱石搬了6次家。对夏目漱石来说，熊本的故居是一个很有纪念意义的地方。

　　1899年4月，夏目漱石于《杜鹃》杂志上发表《英国文人与新闻杂志》一文。5月，他的长女笔子诞生。8月，他于《杜鹃》杂

唇上的八字须是夏目漱石的标志性特征

志发表《评小说》一文。此时，夏目漱石才32岁，他的文学才华已势不可当。

1900年，夏目漱石奉教育部之命前往英国留学两年。留学期间，夏目漱石认识到所谓的英国文学和他以前所认识的英文有着极大差异，精通英文不足以增强国势。这使夏目漱石赖以生存的理想几乎幻灭，再加上留学经费不足，妻子又因怀孕而极少来信，他的神经衰弱因此更为加剧，一直到回国后他始终为神经衰弱所苦，但这也刺激他更专注于写作。

3年后，夏目漱石返回日本，终于与家人团聚，并担任第一高等学校英语教授和东京大学英国文学讲师，并常给《杜鹃》杂志撰写俳句、杂文类稿件。回到东京后不久，夏目漱石升任教授。

值得一提的是，夏目漱石的作品中总是饱含着对旧时代知识分子精神的推崇。夏目漱石生活在日本明治维新后的大变革时代，他冷眼旁观世事，洞悉了阶级分明的日本社会带给民众的痛苦，金钱至上的价值观扭曲人性，他一生坚持对明治社会的批判态度。《心》中，夏目漱石塑造了一个孤傲自矜的先生形象，并借他之口说出了自己的想法，"一看到钱，任是什么样的君子也会马上变成坏人的"。正是在这样的认识的驱动下，夏目漱石渴望通过文学创作唤醒日本民众对于真善美的回归。1905年，38岁的夏目漱石在《杜鹃》杂志发表短篇小说《我是猫》，备受好评，应读者要求而一再连载。读者的热情让夏目漱石深受鼓舞，更激发了他的创作力量。此后10年，夏目漱石进入了创作的高峰期，《三四郎》《后来的事》《门》等佳作频出。

1911年，夏目漱石拒绝接受政府授予的博士称号，在他看来，如果一面批判这个时代种种令人不齿的现象，另一面又接受由这个时代所授予的荣誉，则是对他一直推崇并遵循的知识分子精神的背叛。

夏目漱石对日本文学的贡献远不止于他个人的作品。他的门下出现了一大批有影响、有作为的作家，如森田草平、阿部次郎、芥川龙之介等许多有才之人，引领着当时日本文坛的走向。

1916年，因罹患糖尿病，夏目漱石接受治疗；同年12月9日，他因大量内出血去世，葬于杂司谷墓地，年仅49岁。夏目漱石死后，他的大脑和胃被捐赠给东京帝国大学（今东京大学）医学部，至今仍保存在那里。

23岁的夏目漱石曾给好友正冈子规写信感慨："终有一日，我

夏目漱石临终之地"漱石公园"中设立的铜像

棺盖落定,化为白骨,沉埋地下,万籁俱寂。等到那时,可还有人记得我?"

100多年后,约翰·内森在《夏目漱石传》中给出了回答:

他在文字世界里创造美,揭示人生真谛,为世人留下了超越他个人局限性的宝贵遗产。即使面对苦痛磋磨,他也决不放弃艺术追求。读这样的漱石,我们或可在某个瞬间感受崇高的震撼。

目录

上 先生与我 ... 1

中 父母亲与我 ... 81

下 先生与遗书 ... 123

夏目漱石作品年表 ... 235

上 先生与我

1

　　我常称那人为先生，所以在这里也隐去其真实姓名，只以先生相称。这并非出于对世人眼光的顾虑，而是因为对我来说，这样的称呼才是自然的。每当想起他时，我的本能反应就是叫他先生，执笔时也是同样的心境，实在不想用生分的缩写字母来指代其人。

　　我同先生结识于镰仓。那时候，我还是个年轻的学生。暑假期间，我收到一个朋友寄来的明信片，邀我去海边游泳。我决定筹到些钱就动身。筹钱花了我两三天的工夫。不料到了镰仓还不到三天，邀我来的朋友突然接到老家的电报，催他即刻回去。电报上说他母亲病了，但朋友并不相信。原来，他的父母早前就逼他结婚，但他觉得按照现代的观念，自己在这个年纪结婚为时过早，而且他并不喜欢那位结婚对象，这点尤为关键。所以理应回家的暑假，他却唯恐避之不及，故意跑到东京附近游玩。他把电报拿给我看，问我该如何是好。我也想不出什么主意，如果他母亲真的病了，他理应回去才对。最终，他还是撇下好不容易来一趟的我回去了。

离开学还有相当长的一段时日，所以于我而言，镰仓去留皆可，我便索性暂且留在原来的住处。朋友虽然是中国某位资本家的儿子，钱财上不用操心，但毕竟还在上学，加上年纪尚轻，所以生活用度和我相差无几。我们的住处费用不高，我一人也能负担得起，因此，我也就无须另寻住处了。

即使在镰仓，我的住处也算偏僻了。去玩个台球或吃个冰激凌之类的时髦物什，都得穿过一条长长的田间小道。就算坐车去，也要花上两毛钱。不过，周围倒有多处私人别墅，离海又近，要洗海水浴的话，倒是近水楼台先得月了。

我每天都去海边。穿过被熏得发黑破旧的茅草房，就来到了海边。只见来避暑的男男女女在沙滩上四处活动，真想不到这一带竟住着这么多城里人。海面的景象有时也和澡堂子里一般，零乱地攒动着一片黑压压的脑袋。虽然我在这里一个熟人也没有，但我任由自己融入这一派欢腾的场景，或是躺在沙滩上悠闲地休憩，或是任凭浪花拍打着膝盖，在海水中雀跃，玩得甚是愉快。

我就是在这种杂沓的氛围中发现先生的。那时海岸上有两家小茶棚。有一次，我偶然去了其中一家，便习惯性地每次都去那里。和在长谷一带拥有大别墅的人不同，来避暑的普通客人没有个人专用的更衣室，所以无论如何都需要一个像茶棚这样的公共更衣处。在这里，他们除了喝茶休憩，还可以清洗泳衣，冲洗汗津津的身体，或是寄存帽子和伞。我虽然没有泳衣，但也怕东西被人顺走，所以每次下海前，也把脱下的衣物都扔在这家茶棚里。

2

我在茶棚遇见先生时,他刚脱下和服,正准备下海,而我正相反,刚拖着湿漉漉的身体迎风从水里走出来。两人之间隔着攒动不休的黑脑袋,因此,若没有特殊情况,我也许就与先生失之交臂了。不过,尽管海边是那么嘈杂,我又是那样漫不经心,我还是立刻发现了先生,因为当时他身边带着一个洋人。

那个洋人的皮肤白得非同寻常,因此,他一进茶棚就引起了我的注意。他本来穿着地道的日本单和服,脱下后随手往长凳上一甩,抱起双臂,面向大海站着。除了我们穿的那种裤衩,他身上几乎不着寸缕,这是我感觉最不可思议的地方。两天前,我去由井的海边,蹲在沙滩上久久打量着洋人下海的情状。我蹲着的地方是一个高出周围些许的小沙丘,旁边是一家旅店的后门。在我凝神打量时,有许多男人出来冲洗咸津津的身子,却都没有露出腰身、胳膊和大腿,女人更是把身体遮得很严实。这些人大多戴着橡胶泳帽,绛红、藏青或天蓝的颜色在波浪间此起彼伏。我看惯了这样的景象,所以这个只穿一条裤衩站在大家面前的洋人,在我眼里委实稀奇得很。

过了片刻,他扭过头,对旁边一个弓着腰的日本人说了一两句话。那个日本人正在捡掉在沙滩上的手巾,捡起后马上裹在头上,朝大海的方向走去。那个人正是先生。

我出于纯粹的好奇心，目送着两人并肩走下沙滩。他们径直走进海里，穿过浅滩处喧嚷的人群，走到比较开阔的地带，一起游了起来。我目送他们慢慢游向海湾，脑袋的轮廓渐渐变小。然后他们调转方向，游回海滩，回到茶棚，也不用井水冲洗，而是直接擦干身体，穿上和服，很快离开了。

他们离开之后，我依然坐在长凳上吸烟，思忖着先生其人。我总觉得好像在哪里见过他，但终究想不起在何时何地与他有过一面之缘。

那时的我与其说心无挂碍，不如说正百无聊赖。所以第二天，我估摸着能够遇见先生的时间，特意赶到了茶棚。这次那个洋人没来，只有先生一个人戴着草帽前来。先生摘下眼镜，搁在柜台上，旋即把手巾裹在脑袋上，大步流星地朝海边走去。就在他一如昨日般穿过嘈杂的人群，正准备单独往外游时，我心念一动，打算尾随先生。于是我从浅水区直接跳入足以没过头顶的深水区，以先生为目标拨水游去。不料和昨日不同，先生划了条弧线，从一个罕见的角度游回岸边。于是我没有达成目的。我上了岸，甩着滴水的手刚走进茶棚，却见先生已经穿戴整齐往外走，我们就这样擦肩而过了。

3

第二天，我在同样的时间来到海边，与先生再次邂逅。第三天也是如此。但我们没有机会攀谈或寒暄。那时候先生并不善于交际，他总在固定的时间超然而来，又超然而去。无论周遭如何热闹，他都一副熟视无睹的模样。最初和他结伴而来的洋人再也没有露面，只有先生独来独往。

有一次，先生照例从海里上到岸边，正要取脱了搁在老地方的单和服来穿，不知为何，那单和服上竟满是沙子。为了抖掉沙子，先生背过身去，把单和服甩了两三次。结果放在和服下面的眼镜就从木板缝隙中掉了下去。先生穿上白底蓝花的单和服，扎上棉布腰带后，才发现眼镜不见了，急忙到处寻找。我立刻把脑袋和手探进长凳底下，捡起眼镜。先生道了声"谢谢"，便将眼镜从我手中接了过去。

第二天，我跟在先生后面跳进了海里，和他往相同的方向游去。游了两百米左右，来到海湾，先生回头向我打了声招呼。浩瀚无垠的蓝色海面上浮动着我们俩的身影，附近再没有其他人。明晃晃的阳光照耀着我目力所及的山山水水。我在海里尽情欢腾，仿佛连肌肉里都充满了自由与喜悦。先生突然停下四肢，仰卧在水面上小憩。我也依样照做。天空投下的蓝色光影打在我脸上，直射我的眼睛，令我目眩神驰。"太舒服啦！"我放声叫道。

过了一会儿，先生换了个姿势，像是要起身，一边催促我说："也该回去了吧？"我体质还算强壮，本想在海里再游上一阵。可是既然先生约我，我马上朗声回答："嗯，回去吧。"于是两人又原路折返，向海边游去。

从此我和先生便亲近了起来。不过还不知道先生住在哪里。

记得那是过了两天，到第三天下午，在茶棚见到先生时，先生突然问我："你还打算在这里待很长时间吗？"未加思索的我一时不知如何应答，只得讪讪地说："我也不清楚。"但看到先生乐呵呵的模样，我忽然有些难为情起来，不由得反问他一句："那先生您呢？"这就是我称他为先生的源头。

　　那天晚上我拜访了先生的住处。说是住处，却有别于一般的旅馆，而是一栋别墅模样的建筑，坐落在宽敞的寺院里。我还看出住在那里的人并不是先生的家人。我总是"先生、先生"地称呼着，先生脸上露出了苦笑。我辩解说这是我对年长者的惯用称呼。

　　我向先生打听之前那个洋人，先生介绍了他的特立独行之处，告诉我他现在已不在镰仓。闲聊了一会，先生感叹自己也真是不可思议，和日本人都没多少来往，却能和一个洋人走那么近。临了，我跟先生坦陈自己好像在哪里见过他，却怎么也想不起来。我当时年轻，暗自以为先生或许和我有同感，在心里默默期待着他的回答。不料先生沉吟了片刻，说道："我对你没什么印象，恐怕你认错人了吧。"我听了，不由得失落起来。

4

　　我是月底回到东京的，比先生更早地离开了避暑地。同先生分手时，我问他："以后我可以常到府上拜望吗？"先生只简单地答道："好，来吧。"当时我很想同先生交朋友，期望先生说几句体贴一些的话。因而这不甚令人满意的回答，有点挫伤了我的自信心。

在这类事情上，先生每每令我感到失望。先生似乎有所察觉，又似乎全然不知。我虽然总是怅然若失，但也不想因此离开先生。与此相反，每次我为不安所侵扰时，就越想往前迈进。我想，如果我一往直前的话，我所期待的东西迟早会出现在我眼前吧。当时的我虽然年轻，但并非对所有人都如此热忱相对、坦诚相待。我也不知自己为何独独对先生有这份心境。直到先生已告别人世多年的今天，我才明白过来，先生从一开始就并不讨厌我。先生面对我时，虽然经常态度冷淡，举止也不近人情，却并非想要疏远我。那是心灵沧桑不已的先生向我发出的警告，警告主动靠近的人应立即却步，因为自己并不值得被靠近。先生看上去罔顾别人的好意，实则在鄙视别人之前，首先鄙视自己。

我本想着回到东京时一定要去拜会先生。离开学还有两周的光景，便打算在这期间去拜访先生一次。但回来两三天后，在镰仓时的热情就渐渐淡薄了。况且伴随着记忆的复苏，大都市五彩斑斓的景象带给我的强烈刺激，让我的心灵又布满了色彩。每当在路上看见同学们的脸庞，我便不由得对新学期又紧张又期待，一时间忘记了先生。

开学后刚过了一个月，我的心里又起了懈怠之意。我开始怅然若失，皱着眉头来回踱步。环顾着自己的房间，好像要从空气中抓住些什么。先生的面容再一次浮现在我的脑海中，我又想去

上 先生与我 9

会会先生了。

　　第一次去先生家时，先生不在。再去拜访时，我记得是下一个星期天。那天风和日暖，晴空仿佛要沁入我的四肢百骸一样。然而那天先生仍旧不在。在镰仓时，我听先生亲口说过自己一般都在家，他还说自己并不喜欢出门。来了两次都不能得见，再想起他说过的话，我不由得生出一股莫名的不满。我没有马上离开，只是踟蹰地站着，看着女佣的脸出神。那女佣倒还记得我上次来时递过名片，叫我等一等，便进了屋里。少顷，换了一位夫人模样的女人走出来。那真是一位标致的夫人。

　　夫人热情周到地告诉了我先生所去的地方。她说先生有个习惯，每个月的这几天都会到杂司谷墓地去向一位逝者献花。夫人歉然说道："他刚出门一会儿，才十分钟左右吧。"我点点头离开了。朝热闹方向走了百来米后，我突然起了一念，反正是散步，干脆顺便去杂司谷看看好了，说不定还能遇见先生呢。在这样的好奇心驱使下，我马上转身往回走。

5

　　墓地前面有一块苗圃，我从苗圃左侧走了进去，沿着两侧栽有枫树的大道走到深处。突然，路尽头的一家茶馆里闪出一个人影，好像就是先生。我一直跟着，直到看见那人的眼镜框折射出阳光，便冷不丁地大声唤道："先生。"先生登时止步，注视着我的脸。

"为什么……为什么……"先生喃喃说了两遍。这寂静的中午时分,他重复的话语透着异样的感觉。我一下子不知如何应答。

"你是跟着我来到这儿的吗?为什么……"先生的态度竟很平静,声音也颇低沉。可是他的表情又好像蒙着一种难以名状的阴郁。

于是我向先生解释了我来到这里的原因。

"妻子说我来扫墓,那她告诉了你那人的名字吗?"

"没有,关于这个,她什么也没说。"

"是吗?——对了,她跟你第一次见面,不会跟你说那些的,也没必要说嘛。"

先生露出一副好不容易明白过来的样子。对此,我却还是浑然不知,一头雾水。

先生和我穿过墓地向大路走去。在"依撒伯拉[①]××之墓""神仆罗金之墓"等墓碑旁边建有几座墓塔,一座上面写着"一切众生皆有佛性",又一座上面写着"全权公使[②]××"。在一座刻有"安德烈"字样的小墓前,我问先生:"这个该怎么念呢?"先生苦笑着说:"大概是读作 Andree 吧。"

和我不同,先生似乎并不觉得这些各式各样的墓碑有什么滑

---

① 西班牙女性的常用名字。(本书注释均为译者注。)
② 外交使节的一种,是一国元首向另一国元首派遣的外交代表。

稽可笑之处。我指着或圆或长的花岗岩墓碑说东道西时，先生开始只是一言不发地听着，末了说道："你对死亡一事怕是还没认真思考过吧。"我噤声不语，先生也没再说下去。

墓地的分界处，矗立着一株遮天蔽日的大银杏树。我们来到树下，先生抬头望着高耸的树梢，说道："再过段时间，可就漂亮得很。到时满树金黄，这里的地面都要叫金色的落叶铺满了。"先生每个月必有一次会步行途经这棵树下。

不远处有一个男子正在平整地面做新的墓地，他停下握锹的手看着我们。我们从他左边拐过去，很快上了街道。

我不知道接下来该去哪儿，便只管随先生走。先生今天比平时还要寡言，我倒也没觉得有哪里不妥，还是慢悠悠地同他溜达。

"您这就回家了吗？"

"嗯，也没什么其他去处。"

两人复又沉默着往南踱下斜坡。

"先生府上的墓地是在那个方位吗？"我又开口问道。

"不是。"

"是哪位的墓地呢？是您亲戚的吗？"

"不是。"

除了这些，先生再不多回答一句。我也识趣地收住话。大概又走了一条街的距离，先生竟自己兜回原来的话题。

"那里有我朋友的墓。"

"您每个月都来拜祭朋友吗？"

"是的。"

这一天，先生只说到了这里。

6

从那以后，我不时会去拜访先生。每次去先生都在家。随着见面次数的增多，我更加频繁地出入先生家门。

不过，无论是初次见面寒暄时，还是后来熟识以后，先生对我的态度几乎没有变化。先生总是沉静的，有时静得过头，让人觉得他有些落寞。我从最初就觉得先生难以接近，让人不可思议。可饶是这样，我却越发想接近他。在芸芸众生中对先生抱有如此感觉的，估计也只有我一个吧。但后来的事实证明，我独有的这种直觉是对的。所以，别人说我少不更事也好，笑我迂直也好，我还是觉得自己很有先见之明。一个有爱人之心的人，就无法不爱他人。而他又不能张开双臂，拥抱想扑入自己怀抱的人——这个人，便是先生了。

刚才说了，先生始终很沉静，不温不火。可是偶尔也会有某种奇特的阴霾掠过他的脸，如同黑色的鸟影映在玻璃窗上，转瞬即逝。我最早发现先生眉宇间的这抹阴霾，是在杂司谷墓地突然唤他的时候。那异样的瞬间，使我本来畅快流淌的血液似乎陡然停顿了一下。但那只是一时的呆滞，我的心脏没过五分钟也恢复了往常的活力。在那之后，我全然忘记了这一抹阴霾。及至后来

上 先生与我 13

慢慢忆起，已是十月小阳春①过后不久的一个夜晚了。

同先生交谈的时候，我眼前不由浮现出此前他特意提醒我注意的那棵大银杏树。算起来，先生每月去墓地拜祭的日子，正是那之后的第三天。而在这一天，我的课中午就可以结束，乐得清闲。于是我对先生说：

"先生，杂司谷的那棵银杏树，树叶都掉光了吧？"

"应该还不至于掉秃了。"

先生盯着我的脸答道，好一会儿都没挪开他的视线。我马上又问：

"下次去拜祭墓地时，我可以陪您同去吗？我想和先生一道去那里散散步。"

"我是去拜祭，不是去散步的。"

"话是如此，顺便散个步不也刚好吗？"

先生没再回答。良久，他又说道："我当真只是去扫墓而已。"看来他无论如何要把扫墓和散步划清界限，估计是不愿让我同去的借口吧。我为他充满孩子气的态度大为纳罕之余，心下却更想去了。

"那，去扫墓也好，您带上我一起吧，我也去拜祭一下。"

实际上我压根儿没觉得扫墓和散步的区别有什么意义。不承想先生眉头一皱，眼里闪出异样的光芒。既不是为难、厌恶，也不是惧怕，而似乎有种难以处理的些微的不安情绪。这墓地令我

---

① 原文是"小春"，指阴历十月。

忆起在杂司谷突然对着他唤那声"先生"时的情形,当时他的表情和现在的别无二致。

"我啊,"先生说道,"出于不能对你说的原因,还是不愿意带旁人去那里拜祭,就算是妻子,我也不曾带着去过。"

7

我觉得很奇怪,但我出入先生府上并非为了研究他,所以事情也就这样不了了之。如今想来,我当时的态度可以说是我生活中难能可贵的一种东西。唯有如此,我才得以和先生维系着人与人之间如此温情的交往。假如我有丝毫对先生内心刨根问底的好奇心,那么我们之间赖以维系的共情纽带,也就嘭嘭地断裂了吧。年轻的我并没有意识到自己的态度或许是甚为可贵的品质,要是犯了差池步入反面,真难意料会令两人的关系落下什么后果。光是想到这里,我都不禁悚然。即使并非如此,先生也一直如履薄冰,生怕遭到别人冷眼研究。

一开始,我每个月去先生家里两三次。后来,我去得越来越勤。某一天,先生突然问我:

"你为什么一次又一次来像我这样的人家里呢?"

"我也说不上为什么。是不是打扰到您了?"

"没说打扰。"

先生也的确没显现出忌讳打扰的样子。我知道先生的交际圈极其狭窄,先生以前的老同学中,当时留在东京的,也不过两三个人。先生偶尔也会和同乡的几个学生闲坐清谈,但看上去他们似乎还不及我和先生亲近。

"我是个寂寞的人。"先生说,"所以你能来,我很高兴,才问你为什么经常来。"

"那,这又是为什么?"

我反问道。先生却什么也没回答。只是看着我的脸问:"你今年几岁了?"

这样的问答于我实在是不得要领,不过我也不钻牛角尖,就那样回去了。而且没过四天,我又拜访了先生。先生一到客厅就笑道:

"又来啦?"

"嗯,又来了。"我自己也忍俊不禁。

要是别人这么说我,我肯定很恼火。但先生这么说时,情况却恰恰相反,我不但不恼火,反倒很愉快。

"我是个寂寞的人。"那天晚上,先生又重复了之前的那句话,"我是个寂寞的人,可是说不定你也是个寂寞的人。我年纪大了,虽然寂寞,倒也忍耐得住。但你还年轻,这样行不通吧,肯定想四下走动吧?想多见世面吧?"

"我一点也不寂寞。"

"再也没有比青春更寂寞的时期了。如果不寂寞,你为什么时常到我家来呢?"

没想到前几天的话语又被先生挑起。

"即使你见到我，恐怕还是会觉得寂寞吧。我没有能耐为你把寂寞连根拔除，你终究要另求其他的出路。用不了多久，你就不会到我家来了。"

先生说完一笑，笑得很落寞。

8

所幸先生的预言并没有成为现实。当时的我懵懂无知，没能领悟到预言中显而易见的含义。我依旧经常去找先生，一来二去，我开始坐上先生家的餐桌，和他们一起吃饭。我也就自然而然地同夫人攀谈起来。

作为一个正常人，我对女人并不冷淡。但我年纪尚轻，至今还没有同女人正式交往过。不知是否出于这个原因，我对邂逅于街头却素不相识的女人特别感兴趣。上次在先生家门口见到夫人时，她给我留下了容貌漂亮的印象。之后每次见面时，都有同样的感受。不过除此之外，对于夫人，我认为倒也没有需要特别提到的事情。

与其说夫人没什么特色，倒不如说展示她特色的机会还没到来。但面对夫人时，我总觉得她仿佛是先生的附庸。夫人对我的亲切招待，大概也只是因为我是来找先生的其中一个学生。所以要是没有了先生这一纽带，我跟夫人之间就毫无关系了。对于初识时的夫人，除了她的美貌，我也没什么其他印象了。

有一次，我留在先生家喝酒，夫人出来作陪，坐在一旁斟酒。先生看上去比平常兴致高些，他对夫人说："你也来一杯吧。"说着递出自己刚一饮而尽的酒杯。夫人嗫嚅着想推辞："我……"最后还是颇有些为难地接了过来。她蹙起美丽的眉毛，把我斟到一半的酒杯举到唇边。于是夫人和先生间有了这样的对话：

"怪稀奇的，您可是很少叫我喝酒的。"

"因为你不喜欢嘛，不过偶尔喝点挺好的，心情会变好呀。"

"一点都没变好，除了苦没别的味道。不过你喝了点酒之后，倒是看起来挺高兴呢。"

"有时是非常高兴啊，但也不是每次都会这样。"

"那今晚呢？"

"今晚心情很好。"

"那以后每天晚上都小酌一下吧？"

"那可不成。"

"您就喝吧，这样就不觉得寂寞了，多好啊。"

先生家只有他们夫妇二人和一个女佣。我每次过去，先生家里都是静悄悄的，从来没听到过有人高声谈笑。有时我甚至觉得家里只有我和先生两人而已。

"家里要是有个孩子就好了。"夫人对我说。

"是啊。"我应道。然而我心里实则完全没有同感。当时我还没有孩子，只觉得有孩子是件麻烦事。

"给你领养一个？"先生提议。

"抱养的呀？你怎么看呢？"夫人又转向我。

"等到猴年马月，孩子也不会来的。"先生说。

夫人不吱声了。"为什么呢？"我不由得为太太问道。"这是老天的惩罚啊！"先生话音一落，就高声笑了起来。

9

据我所知，先生和夫人是一对关系和睦的伉俪。虽然我不曾作为家人与他们共同生活，无从知晓更深入的情况，但在客厅和我相对而坐时，先生有时都不使唤女佣，而是招呼夫人过来。夫人的名字叫静，先生总是朝着隔扇门唤一声："喂，静。"那种称呼在我听来温柔款款。应声出来的夫人也显得甚为率性。偶尔留我吃饭，夫人落座的时候，他们之间的那种关系就呈现得尤为明显。

先生不时会带着夫人去听音乐会或看戏。另外，在我的记忆中，夫妇偕同去旅行一个礼拜的情况，也有两三次以上。我至今还保留着他们从箱根[①]寄给我的明信片。他们去日光[②]时，也曾寄给我一封信，信封里面夹有一片枫叶。

当时，先生和夫人的关系在我眼里大致就是这样的，不过也有例外。有一天，我一如往常去先生家，刚要让女佣帮我开门，

[①] 位于日本神奈川县西南部，是日本的温泉之乡和疗养胜地。
[②] 日本本州关东地方北部城市。

就听到客厅里传来说话声。细听之下，那并不是普通的闲谈，倒像是争执。先生家的客厅紧挨着玄关，我站在格子拉门前，不难分辨出那是在争吵。有一个男声时不时高亢起来，那一定就是先生。另一方的声音比先生低，听不出是谁，但我总觉得像是夫人，那个人好像还在哭泣。我呆立在门口，一时左右为难，但很快打定主意，原路返回了宿舍。

一阵无端的心绪朝我袭来，连书也看不进去。约莫过了一个小时，先生来到我窗下，叫我的名字。我错愕地打开了窗。先生在窗下约我一起散步。我掏出刚才装进腰带里的表一看，已经八点多了。我穿着回来之后还没来得及换掉的裙裤，就那样匆匆出门了。

那天晚上，先生和我一起喝了啤酒。先生的酒量本就不大，喝到一定程度，即使没醉，他也不敢冒险继续喝下去。

"今天不行啦。"先生说着，苦笑起来。

"不舒服吗？"我不忍地问。

我心里始终挂念着刚才的事情，那种痛苦简直如鲠在喉。到底是把话挑明了好，还是不闻不问的好，我一时摇摆不定。我当时一定显得心神不宁。

"我说，你今晚有点不对劲啊。"先生发话了，"其实我也有点怪怪的，你没看出来吗？"

我什么也回答不上来。

"其实，我刚刚和妻子吵架了，搞得无聊的神经都亢奋起来了。"先生继续说道。

"为什么……"

"吵架"两个字终于还是没能从我嘴里说出来。

"妻子误会我了。我告诉她那是误会,但她还是不原谅我,于是我就发火了。"

"她误会先生什么呢?"

先生看起来并不想回答我的问话。

"如果我是妻子以为的那种人,也不至于这么痛苦了。"

先生到底有多痛苦,当时的我是无法想象的。

10

往回走时,我们一直沉默着,走过一条又一条街道。后来,先生突然开口了:

"我真是混呢。我这么赌气出来,我妻子怕是会担心的。想想她也挺可怜的。我妻子除了我,也没有其他人可以依靠了。"

说到这里,先生顿了顿。但看样子他也并不期待我回应,马上就继续说道:

"这么说来,当丈夫的好像就得多坚强似的,有点滑稽啊。对了,在你眼里我是怎样的人?是强者,还是弱者?"

"在两者之间。"我回答。先生好像对这个回答有点意外。他又缄口不言了,只默默往前走。

先生回家要顺路经过我的宿舍。到了宿舍前,我觉得就此同先生道别有点过意不去，于是说道："我顺便陪您走到府上吧？"先生马上伸出手制止我。

"已经很晚了，快回去吧。我也得赶紧回去，为了我妻子。"

先生最后补充的那句"为了我妻子"，让当时的我感到一阵莫名的温暖。就因为这句话，我回去后得以安心地睡了一觉。那以后很长时间，我都没有忘记这句"为了我妻子"。

由此我也知道，先生和夫人之间并没有什么特别大的问题。这之后我还是频繁出入先生家，可以推断出那样的争执并不经常发生。不仅如此，有一次，先生甚至还向我吐露过这样的感想：

"在这个世界上，我只认定一个女人。除我妻子以外的女人都不足以让我动容。我妻子也一直把我当成天下唯一的男人。从这个意义上讲，我们应该是人世间最幸福的一对了。"

事情的前因后果我已经忘记。先生为什么要对我做这样的自白，我也很难解释其中的原因。但先生当时态度认真，语调沉着，这让我至今记忆犹新。当时让我听起来觉得有点异样的，是先生最后的那句"我们应该是人世间最幸福的一对了"。先生为什么不直接说"是"最幸福的一对，而说"应该是"呢？这一点令我颇为不解，特别是先生在说这句话时，好像使着一股劲儿，这让我觉得更困惑了。先生果真是幸福的吗？还是本应该是幸福的，但实际上不那么幸福呢？我不由得心生疑窦。但这种怀疑也只是一时的，很快就烟消云散了。

后来有一次我上门拜访时，先生不在家，于是我得以和夫人单独交谈。那一天，先生是去新桥送一个从横滨乘船出国的友人。按当时的习惯,从横滨乘船的人,要乘早上八点半的火车从新桥出发。因为我关于某本书有一些问题,要向先生请教,于是遵照事先同先生约好的时间,九点钟登门拜访。因为先生的友人是前一天晚上特意来道别,所以出于礼节,先生临时决定去新桥送行。先生留下话说很快就回来,让我在家里等他。于是我进入客厅,借着等先生回来的时间同夫人攀谈了起来。

11

那时候我已经是大学生了,自以为与第一次来先生家时相比成熟了很多,同夫人也变得熟络起来,在夫人面前丝毫不觉得拘束。那天我和夫人面对面聊了许多,但因为聊的都是些无关紧要的内容,所以如今我已经将那天的谈话忘了大半。唯有一点,至今犹在我耳畔回响。不过在说这一点之前,我得先交代一个背景。

先生也是大学出身,这一点我一开始就知道。但先生无所事事地终日闲晃,我却是回到东京一段时间后才知道的。我当时还想,先生怎么终日闲晃呢?

先生的名字完全不为世人所知,所以除了和先生过从甚密的我之外,对先生的学问、思想怀有敬意的,应该没有其他人了。对此我经常深以为憾。先生却不以为然,说道:"像我这样的人,在市井中发表言论也没什么人听啊。"在我听来,这样的回答未免过于谦逊了,反倒像是对社会的冷眼评价。实际上,先生也不时严厉批评某个如今已经成名的老同学,毫不客气。于是我直白地列举出他的自相矛盾之处。与其说是反驳,我更为先生抱憾,他竟然并不在意世人对自己的漠然。那时先生以低沉的语气说道:"我终究是个没资格带给社会一点波澜的男人,没办法啊。"先生脸上显然刻着一种颇为深奥的神色。至于那到底是失望、不平还是悲哀,我就不得而知了。然而他表情坚毅,竟打消了我接话的勇气。

和夫人聊天时,自然就从先生的话题落到了这件事上。

"先生为什么总是在家里看书、思考,而不到外面做事呢?"

"他那个人可做不来,他讨厌做事。"

"也就是看破了世事,觉得工作挺无趣的是吗?"

"看破不看破,我一个女人也不大懂,可能他也不是那意思吧。恐怕他还是想做些什么,但又做不来,怪无奈的。"

"可是从健康方面说,先生好像也没什么不便的。"

"他的身体是挺好的,什么毛病也没有。"

"那为什么不散发点光和热呢?"

"就是不明白为什么啊,要是我明白的话,也就不会这么担心了。就是因为不明白,才觉得没着没落的。"

夫人的话里充满了同情。即便如此,她的嘴角还是挂着微笑。作为外人,我表情复杂,沉默不语的样子,反倒显得更较真。然后,夫人像是陡然想起什么似的,说道:

"他年轻时可不是这样的人啊,那时他跟现在完全不一样,简直判若两人呢。"

"年轻的时候,是指什么时候来着?"

"学生时代哦。"

"您和先生在学生时代就认识了呀?"

夫人的脸上突然飞起一片薄薄的绯红。

12

夫人是东京人,这点我从先生和夫人的口中都听说过。夫人说:"严格说来,我还是个混血儿哟。"夫人的父亲出生于鸟取[①]或其他什么地方,母亲是东京还叫江户时在市谷出生的,所以夫人才半开玩笑地这么说。而先生则出生于方位完全不同的新潟。因此,如果夫人和先生在学生时代就认识了,那么显然并非因为同乡的关系。但脸泛红晕的夫人好像不愿意对此多说,我也就没再往下问了。

从与先生结识到先生去世,我已经从各种角度了解了先生的思想和情操,但关于先生当时结婚的情状,我几乎什么都没能问出。有时我会试着善意地猜测,先生年事已高,在年轻人面前,对于自己风花雪月的往事自然是三缄其口的。但有时我又会从消极的角度理解,认为先生和夫人与我不同,他们都是在上个时代

---

① 日本43县之一。

的桎梏中长大的,因此一说到男女问题,他们都没有足够的开诚布公的勇气。当然这些都不过是我的推测,并且在任何一种推测的背后,都包含了一种假定:两人婚姻的内情,存在一段香艳的罗曼史。

我的假想果然没错。不过我凭想象所能勾画出的,不过是他们爱情的冰山一角。先生看似美好的婚恋背后,其实伴随着可怕的悲剧。但作为当事人,夫人全然不知那场悲剧对于先生来说有多惨痛,并且至今懵然不觉。先生至死都瞒着夫人,在摧毁夫人的幸福之前,先生先摧毁了自己的生命。

关于这场悲剧,我无话可说。两人的婚恋甚至可以说是由这场悲剧促成的,关于这一点,我刚才已经说过。两人都对我讳莫如深,夫人是出于谨慎,先生则或许出于更深的顾虑。

但有一件事,我至今记忆犹存。彼时正当樱花时节,我同先生一起去了上野,在那里见到了一对令人生羡的情侣。他们亲密地依偎着漫步于花下。因为是在公园这样的公共场合,所以较之于赏花,很多人纷纷向他们投来了探寻的目光。

"他们真像一对新婚夫妇。"先生说。

"看起来很恩爱呢。"我附和道。

先生似乎连苦笑都没有,径直朝着视野未及这对情侣的方向走去。然后他这样问我:

"你谈过恋爱吗?"

我回答说没有。

"是不想谈吗?"

我没有回答。

"也不是不想吧？"

"嗯。"

"刚才看着那对男女，你嘲讽了一句对吗？你的嘲讽里透露出你对于恋情的渴望，又夹杂着对心仪对象求而不得的怏怏不乐。"

"听起来是这样的吗？"

"可以听出来。在爱情里得到满足的人说话会更温暖些。不过……不过我告诉你，爱就是罪恶，你明白吗？"

我心下一凛，什么也没有回答。

13

我们置身于人群之中。周围所有人看起来都喜气洋洋。穿过人群，我们来到一片没有樱花、不见人影的树林中。一路上，我们都没有机会谈论那个问题。

"爱就是罪恶吗？"我突然问道。

"就是罪恶，肯定是。"先生回答道。他的语气和刚才一样不容置疑。

"为什么呢？"

"你很快就会明白为什么的。不，不是很快，你应该已经明白了。你的心不是早就为爱情所鼓动了吗？"

于是我检视了一下自己的内心,但那里却意外地一片空虚,没有任何能纳入心动范围的人或事。

"我心里确实没有任何关于爱情的目标,我想我对你没有丝毫隐瞒。"

"正因为没有目标才会心动啊,要是有了就会静下心来。所以你还会心动。"

"现在也没怎么心动了。"

"难道你不是觉得自己有仍未得到的东西才到我这里来的吗?"

"或许真是这样。但这和爱情不一样啊。"

"这是通往爱情的一个阶梯。只不过在拥抱异性之前,你首先出现在作为同性的我面前罢了。"

"我觉得这两件事的性质完全不同。"

"不,这就是一码事。作为男性,我无论如何都不可能满足你的需要。何况又有特殊原因,以后更加无法使你满足。实际上,我觉得很过意不去。你转而与其他人交游也是无可奈何的事,或者不如说那正是我所希望的。可是……"

我莫名地感伤起来。

"如果先生觉得我会离开,我也无可奈何。但我从来没有过这样的念头。"

先生并没有理会我的话:

"可是你必须注意,爱就是罪恶。你在我这里虽然得不到满足,但总不至于遇到危险。你啊,可知道被长长的黑发束缚的心情吗？"

过去我是通过想象才知道的，但事实上我并不知晓。不管怎样，对于先生口中的"罪恶"一词的含义，我始终懵懂不解，因此不免生出不快。

"先生，您能跟我详细说说罪恶究竟是什么意思吗？要不然，这个问题就此打住吧，直到我能自己想明白。"

"怪我不好。以为把实质告诉了你，没想到到头来却让你焦虑了，是我的错。"

我和先生从博物馆后面朝莺溪方向静静地走着。从篱笆的空隙里看去，宽敞的院落一隅生长着茂密的白山竹，显得幽静而深邃。

"你知道我为什么每个月都去杂司谷墓地拜祭友人吗？"

先生的这句问话让我始料未及。先生也完全清楚我说不出所以然。我许久都没有应声。先生像是察觉到什么似的说道：

"我又错了。想着使你焦虑是我不好，于是解释了一下，却让你越发焦虑起来。真是没辙了，这个问题就到此为止吧。总之爱就是罪恶，你明白吗？但它同时又是神圣的。"

先生的话让我越发摸不着头脑了，从那以后，先生就绝口不提爱情的话题了。

14

年轻的我容易动辄钻牛角尖,至少在先生眼里是如此。在我看来,相较于学校的课程,与先生的谈话对我更有益处。先生的思想甚至比教授的意见更难能可贵。总而言之,对我来说,比起站在讲台边教导我的大人物,独善其身、寡言少语的先生委实显得更加伟岸。

"不要走火入魔了。"先生说道。

"这是我觉醒之后的想法。"

我回答着,自信满满。但先生对我的自信不置可否。

"你的脑袋怕是烧糊涂了。等热情消退,你就厌倦了。现在你这么看我,我其实挺痛苦的。想到今后你对我的看法和态度会发生变化,我就更加痛苦了。"

"您认为我是那么轻薄,那么不堪信任的人吗?"

"我只是不忍心。"

"您的确不忍心,但还是觉得我不可信任是吗?"

先生面露难色,侧过脸朝向院子。院子里,前些日子还簇簇深红的山茶花,已经一朵都不见了。先生之前常常从客厅远远欣赏那些山茶花。

"我说的不信任,不是指名说不相信你,而是不信任所有人。"

这时,篱笆外传来卖金鱼的吆喝声,此外便没有任何声响了。距大街两百多米的小胡同显得格外静谧。房子里也如往常一样清寂无声。我知道夫人就在隔壁,也知道默默做着针线活的夫人可以听到我们的对话。可我还是有些忘乎所以。

"那么,您也不信任夫人吗?"我问先生。

先生有点局促起来,没有正面回答我:

"我连自己都不信任。我的意思是,因为我连自己都无法信任,也就谈不上信任别人。除了诅咒自己,我就一筹莫展了。"

"考虑得那么复杂的话,岂不是一个可靠的人都找不到吗?"

"不,不是考虑,是我已经这么做了。做了之后才吓了一跳。然后感觉非常恐怖。"

我正想顺势再问先生一些话。不料隔窗门对面传来夫人的两声呼唤:"老公,老公。"叫到第二声时,先生应了声:"什么事?"夫人说道:"来一下。"把先生唤到隔壁去了。我不知道两人之间发生了什么事情。不容我浮想联翩,先生竟很快又折返到客厅。

"反正不要太信任我,不然你迟早会后悔。而且人一旦被欺骗过,到时候肯定要狠狠报复对方的。"

"这是什么意思呢?"

"曾经在某人面前卑躬屈膝,那种记忆会促使你下次反骑在那人的头上。我之所以摒弃今天别人予我的尊敬,是为了未来不受人侮辱。我之所以忍耐现在的孤独,是为了使自己将来免于经受孤独。生活在这个充满自由、独立、自我思想的时代,作为代价,恐怕人人都不得不品尝孤独的滋味。"

面对有这种思想的先生,我不知该说什么好。

上 先生与我   31

15

　　从那以后，每次见到夫人我都心生疑窦：即便是面对夫人，先生也始终是那样的态度吗？若果真如此，夫人能满意吗？

　　我无法凭夫人的样子琢磨出她到底满不满意。毕竟我没有深入接触夫人的机会，而且每次见到我，夫人都言行如常。再者，如果先生不在家，我和夫人也甚少有机会当面交谈。

　　我的疑惑还不止于此。先生对于人的那种领悟到底是从何处得来的呢？难道那只是一种冷眼反省自己，观察现代社会的结果吗？先生是安坐着思考的那一类人。只要有着如先生一般的头脑，即便是安坐着思考世事，也能自然地领悟这些道理吗？我想并非这么简单。先生的领悟是活的，有别于火烧后彻底冷却的石屋那样的死板框架。在我眼里，先生委实是一位思想家。只不过这位思想家构筑的主义背后，似乎隐藏着某种强大的事实。并且不是同自己毫不相干的人的事实，而是自己亲身痛切经历过的事实。那种几乎能让热血沸腾，让脉搏停止跳动的事实，被糅进了他的信条之中。

　　这并非我凭空臆测出来的。先生本人也做过这样的自白。只不过那样的自白犹如云山雾罩，在我的头顶蒙上了一种莫名的恐惧。至于为什么恐惧，我自己也不明白。先生的自白语焉不详，却显然已经让我神经发颤。

基于先生的人生观，我假想出一场轰轰烈烈的恋爱故事（当然是在先生和夫人之间）。先生曾说"爱就是罪恶"，这多少也是条线索。然而先生又曾告诉我，他其实是爱着夫人的。那么，从两人的婚恋中绝不至于产生这种近乎厌世的思想。先生之前说过，"曾经在某人面前卑躬屈膝，那种记忆会促使你下次反骑在那人头上"。这句话似乎可以应用于普罗大众，却不适合用于先生和夫人之间。

杂司谷那座不知埋着何人的墓，也不时在我的脑海中闪现。我向来知道那墓中安眠之人和先生有很深的因缘。我不断地接近先生的生活，却始终无法真正触及，于是我把那座墓当作先生的一个生命片段，纳入自己的潜意识中。但话说回来，那座墓在我看来不过是个死物，并未成为打开我们二人之间生命之门的钥匙，反而像是横亘在我们之间，妨碍我们自由交往的怪物。

不知不觉间，我又得到了同夫人单独面谈的机会。那时正当清秋时节，白昼渐渐消短，人人都能感到萧瑟的秋意掠过肌肤。先生家附近连续三四天发生了盗窃案，都发生在天刚擦黑的时候。虽说没盗走什么值钱的东西，但盗贼所过之处，必有东西不翼而飞，夫人因此心神不宁。就在这当口，先生有一天晚上却有事不得不出门。先生的一位在地方医院供职的同乡老友到东京来了，先生就和其他两三人一起请那位老友吃饭。先生跟我说明了原委，拜托我在他回来前帮忙看家，我答应了。

16

　　我去的时候是黄昏,有的人家还没有掌灯。守时的先生已经出了家门。

　　"他说迟到了不好,刚刚出的门。"夫人一边说着,一边领我进了先生的书房。

　　书房里除了书桌和椅子之外,还有很多装订着皮脊的书卷,灯光透过玻璃将书卷照得发亮。夫人让我坐在火盆前面的坐垫上,招呼我大可随便看看这里的书,然后便离开了。我像是一个等待主人归来的客人,正襟危坐,吸着烟。茶室传来夫人与女佣说话的声音。书房位于茶室檐廊尽头的拐角,从室内位置来说,比起客厅,这里更加安静。夫人说完话,接着就是漫长的寂静。我怀着等待盗贼入门一样的心情,屏气凝神,四下张望。

　　过了约莫半个钟头,夫人从书房门口探出头,道了一声"呀",看着我的眼神中略略有些惊讶。看我一副拘谨得像客人的样子,夫人觉得挺奇怪的。

　　"是不是有点不自在?"

　　"没有呢,没什么不自在的。"

　　"但还是有些无聊吧?"

　　"不是,只不过有点紧张,怕小偷进来,不会无聊。"

　　夫人手上端着一碗红茶,笑吟吟地站在那里。

"这里是个拐角，不适合看守。"我说道。

"那就麻烦你到屋子中间来吧。怕你觉得无聊，我沏了茶准备端给你。要是茶室方便的话，我给你放到那里去。"

我跟在夫人后面走出书房。茶室里有一个漂亮的长火盆，上面架着的铁壶嘶嘶作响。我在这里享用着茶水和点心。夫人因为担心喝了茶睡不着觉，连茶杯都没碰。

"先生时常参加这样的聚会吗？"

"不会，他很少去的。近来他似乎连和别人见面都心生厌烦了。"

夫人这么说着，但看样子并不如何苦恼。于是我壮起胆子问道：

"那么，唯独夫人您是例外吧？"

"不，我也是他所厌烦的其中一人。"

"这是假话。"我说，"夫人明知道这是假的，才故意这么说吧。"

"为什么？"

"要我说呢，先生是因为爱着夫人您，才会对俗世感到厌烦的。"

"不愧是做学问的，真有你的，歪理都让你说直了呢。那么是否也可以说他是先厌烦了人世，然后顺带连我一道不待见了？这是同样的道理。"

"两种说法都讲得通。但就这件事而言，我是正确的。"

"别争论了。男人真是好争论呢，有趣得很似的。我看就是拿个空茶杯,男人们也能应酬个没完。"

夫人的话有点严厉,但还不至于到刺耳的程度。夫人不像某些具有现代思想的人,想让别人承认自己有头脑,进而感到自豪。比起这些,夫人更珍视的,似乎是她那颗静水流深的心。

17

本来我还有话想说,但又怕被夫人误以为我是个好口舌之辩的男士,只好默不作声。夫人见我瞟了一眼已经喝干的红茶碗底,似乎怕我见外,就问:"要不要再来一碗?"我马上将茶碗递到夫人手里。

"要几块?一块?两块?"

夫人夹起方糖,看着我的脸,问我放进茶碗里的糖需要几块。她的态度虽然说不上是讨好,但仿佛是想竭力消除刚才那段严厉的说辞的影响,充满了亲切的气息。

我默默地喝着茶,喝完后还是一言不发。

"你倒真是惜字如金啊。"

"要是说话了,夫人该怪我爱抬杠吧。"我回答道。

"怎么会?"夫人说道。

以这个为破冰口,我们又聊了起来,聊的是我们都感兴趣的先生的话题。

"夫人,能让我接刚才的话,继续往下说吗?可能夫人觉得这是无稽之谈，但我并没有信口开河哦。"

"那好，请讲。"

"假如夫人您忽然消失不见了，先生还会像现在这样生活下去吗？"

"这我不知道。这样的事不是只有探探先生的口风才行吗？可不是能拿来问我的问题。"

"夫人，我是认真的。所以请您不要回避，一定坦诚地回答我。"

"我很坦诚哦，坦诚地说，我真不知道。"

"那么，夫人您爱先生到什么程度呢？这个问题与其问先生，还不如问夫人您，所以就问您了。"

"不用突然这么正式地提问这个吧？"

"您的意思是这是明摆着的，不必煞有介事地提问是吗？"

"嗯，是的。"

"夫人对先生如此忠诚，您要是突然消失不见了，先生会变成什么样呢？先生好像对世间的一切都了无兴趣，要是您一下子不见了，他该何去何从呢？不是从先生的角度，而是从您的角度来看，在您看来，先生是会变得幸福呢，还是变得不幸呢？"

"在我看来是一清二楚的，虽然先生或许并不这么想。先生离开我的话，只可能变得不幸，或者也许根本就活不下去。这么说的话，可能你会觉得我自恋，但我始终相信我是尽着最大努力使先生像一个正常人那样感到幸福的，所以我才能这么坦然。"

"我想您的这番苦心，先生一定明白。"

"那是另一个问题了。"

"那您还认为先生厌烦您吗?"

"我不认为自己被他厌烦,因为他没道理厌烦我。但先生不是讨厌人世吗?近来他讨厌世人更甚于人世了。所以,作为世人的一员,我也不可能被他待见了。"

我终于明白夫人口中"被厌烦"的含义了。

18

我很佩服夫人的理解能力。夫人的姿态有别于旧式的日本女子,这在引起我的注意之余,还给我带来一种耳目一新的振奋。然而,她又几乎不使用当时流行的新式语言。

我是个迂陋的青年,没有和女人深入交往的经验。作为男性的我,出于本能,经常对女人这类令人憧憬的对象心生幻想。但那不过是依稀的梦境,是一种遥望着切慕的春云般的心情。所以一旦真正和女人打交道,我的情感就经常会发生突然的变化,不但不会为自己面前的女子所吸引,相反却生发出一种奇怪的抵触情绪。不过面对夫人,我全然没有那样的感觉,也几乎没有发现那种横亘在男女之间的思想差异。我忘记了夫人是女性,只将她看作先生身边一位诚实的评论家和同情者。

"夫人,我以前问过您,先生为什么不到社会上多走动,你曾经怎么说来着,说他原来不是这样?"

"嗯，是有说过。原来确实不这样。"

"那先生原来是什么样的呢？"

"原来是一个如你所希望的，也如我所希望的，值得托付的人。"

"为什么一下子变了呢？"

"不是一下子变了，是慢慢变的。"

"那期间，夫人您一直陪在先生身边吗？"

"那当然，我们是夫妻嘛。"

"那您一定清楚先生变化的原因吧？"

"令人苦恼的就在这里。被你这么一说，我心里真是难受。因为我怎么也找不出头绪，我之前不知道求了他多少次，求他说个明白。"

"那先生怎么说的呢？"

"他只是说'没什么可说的，没什么好担心的，我就这么个性格'，不肯对我讲真心话。"

我一阵默然。夫人也不再言语。佣人房里的女佣也没有发出任何的声响。我全然忘记了小偷的事情。

"你是否觉得责任在我身上？"夫人突然问道。

"没有。"我回答。

"请别遮掩，有话可以直说。要是你这么想，我真比被割肉还痛苦。"夫人继续说道，"不过，我认为自己是一直在为先生竭尽所能的。"

"先生也是充分肯定这一点的。您放心，我敢打包票。"

上　先生与我

夫人熟练地拨着火盆里的灰，然后把瓶里的水往铁壶里倒。铁壶立时就沉下了声响。

"我之前实在忍受不住，问过先生。我说如果我有什么不是，你尽管指出，我能改则改。先生却只是说'你压根没什么不对，有缺点的是我，全是我的错'。他这么一说，我难过极了，泪水夺眶而出。反而更想知道自己究竟哪里做得不好。"

夫人眼里，竟已经满是泪水。

19

起先，我是将夫人当作一位善解人意的女性来看待的。聊着聊着，夫人的态度逐渐起了变化。夫人不再只是向我的理智诉苦，而是开始动荡我的感情了。夫人的痛苦主要在于自己和丈夫之间本没有、也不应该有什么芥蒂，但还是觉得存在隔阂。然而当她睁开眼极力搜索时，却又什么也找不到。

最初，夫人断言，由于先生以厌世的眼光看待人世，最终连带着对她也心生厌恶。虽然她这么断言，但压根没有坦然接受这一点。归根结底，她想到的还是反面的情形，即推测先生是因为讨厌她，到头来才讨厌这个世界。然而不管怎么努力，也无法验证这种推测是否指向事实。先生的态度无懈可击，完全符合一个好丈夫的标准：亲切、温柔。这个疑团被日复一日的两情缱绻包裹着，悄然藏在夫人的心底。而这天晚上，夫人竟在我面前打开了这个"包裹"。

"您是怎么想的呢？"夫人问道，"他是因为我才变成这样的，还是因为你说的人生观什么的才变成这样的？希望你坦诚相告，不要隐瞒。"

我无心隐瞒任何事。可是如果其中有什么我并不知晓的内情，那么无论我怎么回答，应该都不会使夫人满意。并且，我相信一定有我不知道的内情存在。

"我不明白。"

夫人顿时露出一副期待落空时才会有的可怜表情。我马上又补充道：

"但有一点我可以保证，先生绝对不讨厌夫人。我只是将先生跟我说过的话传达给您而已。先生不是那种说谎的人，对吗？"

夫人没有回答。过了片刻，她这样说道：

"我其实有一点眉目……"

"是关于先生变成这个样子的原因吗？"

"嗯，如果原因是那个，那么至少责任不全在我，仅这一点就让我轻松多了……"

"是什么事情呢？"

夫人欲言又止，出神地看着自己放在膝盖上的手。

"那么我就说出来，请你判断吧。"

"要是我能做出判断，我是不会推辞的。"

"但我不能全说出来哦，全说了要被先生责备的，我只说不会被责备的部分哦。"

我紧张地咽了一口唾沫。

"先生还在读大学的时候，有一个关系很好的朋友。那个朋友在临近毕业时死了，是突然死去的。"

夫人用耳语一样小的音量说："真是死于非命。"那种说法不由得让人想反问一句"到底为什么"。

"我只能说这么多啦。从那以后，先生的性情便起了变化。那位朋友究竟是怎么死的，我并不知情。想来先生也不知道吧。但说起来，先生就是从那时候开始变化的，这不是无稽之谈。"

"就是那个人的吧？在杂司谷的那个墓地。"

"我也说不准。但一个人因为好友去世了，就会产生那么大的变化吗？我太想知道这一点了。所以想请你帮忙判断。"

我的判断其实是倾向于否定的。

20

我以自己掌握的事实为例，尽可能地安慰夫人，夫人似乎也得到了最大的安慰。于是我们二人就这一问题聊了很久，尽管我本来就没抓住事情的根本。夫人的不安其实来自那犹如薄雾般缥缈的疑惑。说到事情的真相，夫人本身也不甚知晓。即便知道什么，也不能对我和盘托出。所以，作为安慰者的我，和作为安慰对象的夫人，都像浮在波浪上一样摇摇晃晃。但即便飘摇着，夫人也极力伸出手来，想攀住我所做出的懵懂的判断。

十点左右，门口传来先生的脚步声。夫人像是突然忘掉了方才的一切，撇下坐在对面的我，站起身，几乎在先生推开拉门的瞬间就迎了上去。我虽然被撇下，但也跟在夫人身后迎上去。只有女佣好像正在小睡，没有跟着出来。

先生看起来心情不错。夫人则兴致更高。就在刚才，夫人美丽的眼睛里还闪着盈盈的泪光，黑色的眉根还拧成八字状，这些都印在我的记忆里，所以这种突然的变化异乎寻常，让我不由得神思一荡，疑虑颇深。如果刚才那些都不是假象（实际上我也不认为是假象），那么夫人刚才的倾诉只不过是一种把玩感伤的游戏罢了，这场游戏以女性为主体，以我为消遣的对象。当然，当时的我并不想这样诟病夫人。看到夫人突然满面生辉，我反倒安下心来。因为这样的话，我也没什么必要担心了。

先生笑着问我："辛苦你了，小偷没进来吧？"又说："小偷没来，也挺没劲的吧？"

临别的时候，夫人低着头说："真是对不住你。"那语气，与其说是因占用了我的时间而过意不去，倒像是开玩笑说好不容易来一趟，小偷却没有光顾一般。夫人一边说着，一边将刚才吃剩的点心用纸包起来，让我拿着。我把点心放进袖兜，拐过杳无人迹的寒夜小路，疾步往热闹的大街走去。

我把当晚的事情从记忆中抽出，详细写在这里，是因为觉得有必要才写下来的。

说实话，我从夫人手中拿过点心回家时，并不觉得那晚的会话有多重要。第二天从学校回家吃午饭，看见桌上放着的那包点

上 先生与我 43

心，我立刻拿起其中一块涂着巧克力的茶褐色蛋糕，大快朵颐。我边品味着糕点边思忖着：给我点心的这对夫妻，真是人世间一对幸福的伴侣。

秋天步入尾声，冬天即将来临。这段时间没发生什么特别的事情。出入先生家惯了，我也顺便拜托夫人帮忙洗涤或缝制衣裳。之前我从没穿过汗衫，也是从那时候开始穿黑领的汗衫的。夫人没有孩子，说这样照顾我反倒可以消磨无聊的时光，于身体之功犹如药石。

"这是手工织制的，我还从没用过这么好的布料缝衣服呢。只是不大好缝，针好像根本没法扎进去，拗断了两根针呢！"

这么抱怨的时候，夫人的表情却看不出不耐烦的样子。

21

入冬后，我临时有事，必须回一趟老家。据母亲的来信上写的，父亲的病情不容乐观。虽然父亲不至于立刻病危，但毕竟年纪大了，因此母亲嘱咐我尽可能抽空回家一趟。

父亲的肾脏向来有些毛病，是中年人常见的慢性病。因为是慢性的，所以只要当心便不会有什么突变，他本人和我们这些家人都对此深信不疑。父亲还常常跟来访的客人吹嘘他是如何养生的。可按母亲的信上所说，有一次，父亲在院子里做什么的时候，突然晕眩，摔倒在地。家人误以为是轻度的脑溢血，马上进行了抢救。后来医生判断说,那并不是脑溢血,大概是老毛病又犯了。家人这才把父亲的晕倒和肾脏病联系在一起。

离放寒假还有一段时间。我估摸着等到学期结束也没什么大碍,就一天天拖了下来。但就在我拖延的这段时间里,父亲卧床的样子和母亲担心的神情不时浮现在我眼前。每当这时,我都感到痛苦,终于下决心要回去。为了省去老家将路费寄给我的麻烦,我打算去先生家串门时,顺便求他暂时为我垫付一下所需的费用。

先生有点感冒,说是懒得到客厅来,让我进了他的书房。透过书房的玻璃窗,冬天里少有的和煦阳光照在扶手椅上。先生在这采光良好的室内放了一个大火盆,火撑子上的铁盆里冒出水蒸气,可以防止呼吸困难。

"大病还好,这种小小的感冒反而讨人厌。"先生说着,苦笑着望着我。

先生从没生过大病。听着先生的话,我忍不住想笑。

"感冒之类的,我倒是可以忍受。再大的话就招架不住了。先生也是一样吧,试一下您就明白了。"

"是啊,要是让我生病的话,我想还是得个绝症好了。"

我没太在意先生的话,转而和他说起我母亲来信的事,厚着脸皮向他借钱。

"那可真够呛。这么点钱我手头还是有的,你拿去就是。"

先生把夫人叫来,让她把我需要的费用如数摆在我面前。夫人从一个类似茶柜的抽屉里拿出钱来，小心叠放在半纸[1]上，说：

"真够让你担心的。"

"晕倒了好几次吗？"先生问道。

"信上没写多少次，是会经常晕倒吗？"

"是的。"

我这才知道夫人的母亲去世时，患的是和我父亲同样的病。

"总之很难治的吧。"我说。

"是啊。我要是能代替就好了。——他会呕吐吗？"

"不知道是怎样的情况，信上什么也没写，大概没有吧。"

"只要不会呕吐，就还不打紧。"夫人说道。

我当天晚上就乘坐火车离开了东京。

22

父亲的病没有想象中那么严重。我到家的时候，他正盘腿坐在睡铺上，说："看大家都很担心，我就忍着坐在这里不动了，其实我已经可以起身了。"第二天，他就不顾母亲的阻止，起身下地了。母亲一边老大不情愿地叠着粗绸被褥，一边说："你爸看你回来了，就突然耍起能耐来啦。"不过，我倒不觉得父亲是在虚张声势。

---

[1] 一种宽 24—26 厘米，长 32—35 厘米大小的日本纸，白色。

我的哥哥在遥远的九州供职，不到万不得已的时候，他不会轻易回来和父母见面。妹妹也已经嫁到外地，同样是一个不到紧要关头叫不回来的人。兄妹三人之中，最方便的就是我这个学生。我遵照母亲的吩咐，丢开学校的课业，在放假前就赶回来了，这让父亲大为受用。

"这么点小病就耽误了你的功课，真是辛苦你了。你妈那封信也写得太夸张了。"

父亲不光嘴上这么说，还把之前铺着不收的被褥收拾好，以便展现出他平时那种精神劲。

"可别粗心大意，不然病情反复，又得折腾了。"

父亲看似愉快地接受了我的提醒，又似乎表现出一副漫不经心的模样。

"这没什么，我只要像以前那样小心点就不打紧了。"

父亲好像真的没什么大碍了。他在家里自由地走来走去，既没有觉得呼吸急促，也没有眩晕的症状。只是脸色看起来比正常人差了很多，可这也不是最近才开始有的症状，因此我也没有特别放在心上。

我给先生写了一封信，感谢他借钱给我，并表示正月回东京时把钱带给他，央他再宽缓几天。我还告诉先生，我父亲的病情没有想象中那么危险，也没有晕眩和呕吐的症状，眼下可以放心。临了，我还补上一句问候，询问先生是否已经痊愈。实际上，我并没太把先生的感冒当一回事。

寄信的时候，我绝对没有想到先生会给我回信。信寄出之

上　先生与我　　47

后，我一边和父母聊着先生的事情，一边遥想着先生书房里的情景。

"这次回东京时，带点香菇给先生吧。"

"嗯，不过不知道先生吃不吃干香菇呢。"

"说不上多好吃，可也没见什么人讨厌吧。"

把香菇和先生联系起来，我总觉得有点滑稽。

先生的回信寄到时，我有点吃惊。特别是在知道信里没谈什么特别的事情时，我就更讶异了。我想先生只是出于善意给我回了信。这么一想，一封简单的回信就给了我大大的惊喜。这是我从先生那里收到的第一封信。

说到第一，让人感觉我同先生好像经常有书信往来，事实上并非如此，这点我要声明一下。先生生前只寄过两封信给我，其中一封就是现在这封简单的回信，另一封则是先生临去世前写给我的一封很长的信。

就病的性质而言，父亲的病使他不得不小心行动，起身后也几乎不能去户外。一个风和日丽的午后，父亲去过一次庭院。但为防万一，我当时紧紧跟在他身旁。即使这样，我还是担心，于是让他把手搭在我的肩膀上，但父亲只是笑笑，并没有按我说的做。

23

我时常陪着百无聊赖的父亲下将棋[1]。我们两个人都生性懒散,所以下棋时也守着脚炉不动,把棋盘搬到脚炉上,每次要移动棋子的时候,才把手专门从罩被下抽出。不时也会把棋子弄丢,直到下一局的时候才发现。甚至有一次,母亲从炉灰中扒拉出棋子,用火钳夹起来,实在滑稽得很。

"围棋的话,暖炉桌面太高,带脚,没办法搁在炉子上玩。但将棋就刚好,轻轻松松就能下,正适合我们这样的懒人。再来一局!"

父亲每次赢的时候都要再来一局,输了竟然也要再来一局。总之不管是赢是输,这个男人就是想窝在脚炉边下将棋。刚开始我还觉得新奇,这种隐居式的娱乐带给我相当大的乐趣。但过了些时日,年轻的我就不再满足于这种程度的刺激了。我把金将和香车[2]攥在手里,举过头顶,不时痛快地打着哈欠。

我回想起东京的情状,涌动不已的心潮背后,我听到不断的"动起来,动起来"的鼓动声。不可思议的是那种鼓动声好像因为先生的力量,从某种微妙的意识状态进而变得愈发强烈了。

---

[1] 日本象棋。
[2] 均为日本象棋棋子名。

我在心里将父亲和先生比较了一番。从世俗角度看，这两个人都是别人不会在意其生死的老实人。如果以人们的认可度来评分，两人都是零分。尽管如此，热衷下将棋的父亲如果仅仅作为我娱乐的玩伴，我也觉得不够满足。我同先生虽然不曾在娱乐方面打过交道，但他却在不知不觉中对我的头脑施加了影响，这超过了娱乐型交际所带来的亲近感。只是"头脑"这个说法过于冰冷，我想改成"胸怀"。也就是说我的肉体渗进了先生的力量，我的血液里流淌着先生的生命，我想，对当时的我来说，这一点都不夸张。父亲是我真正的父亲，这点自不待言，但先生本是与我毫不相关的陌生人，当我试着将这个明显的事实摆在自己面前时，才像是发现了一个伟大真理一般，有些愕然。

无所事事地过了一段时间后，原本在父母眼里颇为了不起的我，也渐渐变得不足挂齿了。我想这大概是每个暑假回家的人都体验过的心情吧：最初一个星期被奉为上宾，被好生款待，而过了那阵热乎劲后，慢慢地，家人的热情便逐渐冷却，最后你竟然成为可有可无的存在，被粗枝大叶地对待了。加之我每次回家，都会从东京带回一些让父母觉得莫名其妙的习气。这就像把天主教的习气带进了儒家的门一样，我带回的东西和原生家庭的氛围根本无法融合。尽管我尽力掩饰，但这已经是渗透在身体里的东西了，再多掩饰也不免有时被父母看在眼里。我终于意兴阑珊，想快点返回东京了。

好在父亲的病情一直很稳定，一点也看不出恶化的趋势。为慎重起见，家里特意从很远的地方请来颇为高明的医生。医生仔细诊查过后,也没有发现我所知范围以外的异状。因此我决定在寒假行将结束时离开老家。人的感情也真是微妙,我一提出要走,父母居然都表示反对。

"这就要回去?不是还早着吗?"母亲说道。

"再待上十五天也来得及吧?"父亲也说。

我没有更改自己定下的返程日期。

24

回到东京一看,家家户户已经拆掉了门松装饰①。街头寒风吹彻,放眼望去,竟然一点也看不出正月的气象。

我马上去先生家还钱,顺便也带去之前说的香菇。只是就这么递过去有点惶窘,我便特意声称是母亲让我转交的,然后放在夫人面前。香菇装在一个新的糕点盒里。太太郑重地道了谢,拿起盒子正要去隔壁时,也许是没想到盒子那么轻,有点惊讶,问道:"这是什么点心呢?"和夫人熟络之后,便能看出她孩子般简单的心境。

夫人和先生两人都关切地就我父亲的病情问了许多,中途先生这么说道:

"原来如此。按你说的情况,现在好像还不至于如何,但病

---

① 日本新年时正门上装饰的松枝。

总归是病,一定要特别注意才行。"

关于肾脏病,先生知道的比我多。

"那种病的特点就是自己得病了也意识不到,感觉正常。我认识的一个军官最后就是栽在这上面。那种死法简直令人瞠目结舌,睡在他身边的妻子都差点儿来不及看护。半夜他说有点难受,把妻子叫醒,第二天早上人就走了。妻子还一直以为丈夫只是睡着了呢。"

原本对凡事都很乐观的我突然不安起来。

"我父亲也会变成那样吗?世事无常,真是什么也保不齐啊。"

"医生怎么说的?"

"医生说治不好了,但目前没什么问题,也不用太担心。"

"医生既然这么说,那就暂时没什么问题。我刚才说的那个人,自我感觉很迟钝,并且还是个性格暴躁的军人。"

我也稍稍安下心来。一直关注着我情绪变化的先生,这时又补充了一句:

"不过人啊,健康也好,生病也罢,都是很脆弱的。说不定什么时候发生一次意外,就走了。"

"先生您也会考虑这些事吗?"

"我就算身体再好,也不能完全不考虑。"

先生嘴角浮现出微笑。

"不是经常有人一下子就死了吗?自然而然地。也有些人转眼就死了吧,由于非自然的暴力。"

"非自然的暴力指的是什么呢？"

"是什么我也不明白，但自杀的人使用的都是非自然的暴力吧。"

"那么被杀也是非自然的暴力作祟了？"

"被杀的人我倒是完全没想过。这么说也是啊。"

那天说到这里我就回去了。回去后也没有因为父亲的病感到特别难受。先生所提的自然死亡和非自然暴力死亡之类的概念，只在当时在我的脑海中留下了粗浅的印象，之后就了无痕迹了。我这才想起我的毕业论文，之前几次想动笔都临阵束手，现在必须正式开始了。

25

我预期在那年的六月毕业，按规定必须在四月之前把这篇论文写完。当我掰着手指头"二月、三月、四月"地数着距离交稿的时日，我不禁怀疑起自己当初那一切尽在掌握中的气魄。其他同学很早就开始搜集资料和整理笔记，忙得不可开交，只有我还没动手。我拥有的仅仅是等到年后放手一搏的决心。我是以这种决心开始写论文的，却很快没什么拼劲了。到目前为止，我不过凭空拟出了一个庞大的课题，然后基本构建了论文框架，现在我开始发愁了。接下来我缩小了论文的问题范围，为了节省系统归纳中心思想的时间，我决定只把书中的材料罗列出来，再加个相应的结论上去。

我选的论题和先生的专业有些相近，曾经我还就选题征求过先生的意见。先生说："还行吧。"我感觉颇为狼狈，赶紧又去先生那里，问他有哪些参考书目是我必须读的。先生尽他所能教给我相应的知识，并说可以借给我两三本必需的书籍。不过先生似乎完全不打算在这方面指导我。

"最近我没怎么看书，不了解新鲜事物呢。你最好还是请教学校的老师吧。"

听了先生的话，我突然想起夫人说过，有段时间先生非常喜欢读书，后来不知道什么原因，对这方面的兴趣似乎大不如前了。我撇下论文的事情不提，不由得开口问道：

"先生为什么不像从前那样对读书感兴趣了呢？"

"也说不上为什么……总之是觉得即使读再多的书，也成不了大器吧。再就是……"

"还有什么原因吗？"

"倒也算不上是原因。以前在别人面前，我如果被问到自己不知道的东西就引以为耻，感觉很羞愧，但现在好像并不怎么觉得这是羞耻，因此也就没什么动力翻书了吧。总归就一句话，老啦。"

先生说得尤其平静，并没有那种对俗世横眉冷对之人的苦楚，因此我并不如何为其所动。我不认为先生垂垂老矣，但也确实没觉得先生堪称伟大，于是和先生道别后就回去了。

之后我像是被论文折磨得走火入魔的精神病患者一样，红着眼睛发愁。我向一年前毕业的朋友们打听情况。其中一人说他是在交稿截止日那天驱车赶到办公室的，好歹在最后关头赶上了。另一人说他的交稿截止时间是五点，他整整晚了十五分钟，差点就没戏了，好在主任教授心软，同意受理他的论文。听了这些话，我感到不安，也暗暗横下心来，之后的每一天，我要么在书桌前奋战到昏天黑地，要么一头钻进有些昏暗的书库，在高大的书架间四处寻找参考书目。我的目光犹如好事之徒挖掘古董一般掠过书脊上的烫金字。

梅花开放时，寒风也渐渐转向南方。又过了一阵子，我便听到周遭谈论赏樱的事情。尽管如此，我还是像拉车的马一样目不斜视，被论文鞭策着，一味向前。到四月下旬，我终于如期写完了论文。而在这期间，我一次都没去过先生家里。

26

我重获自由时，已是初夏时节了。八重樱凋落的枝条上，不觉间已开始绽出绿色的新叶，像雾一般蔓延开来。我怀着小鸟挣脱牢笼一样的心情，放眼环视辽阔的天地，自由地舒筋展骨。很快我就来到先生家里。枳壳篱笆发黑的枝条上开始冒出嫩芽，石榴树干枯的枝干上，茶褐色的鲜叶柔柔地映着日光，令我目眩神驰。我感到有生以来初次见到美好事物一般的新奇。

先生看着我兴高采烈的脸，说道："论文定稿了吗？可以嘛。"我说："托您的福，总算解决了。接下来再没什么事啦。"

实际上，当时的我的确完成了全部该做的事，心情非常愉悦，只想痛快地玩乐。我对自己完稿的论文还是有充分的自信和满足感的，就论文的内容在先生面前喋喋不休。先生以惯常的语气说着"原来如此""这样啊"，如此这般应和着我，此外完全不加以评论。我感觉意犹未尽，或者不如说有点意兴阑珊。但那天我精力十足，想挑战一下先生因循守旧的态度。于是，我试图邀先生到已苏醒的绿意盎然的大自然中去。

"先生，我们去哪里散散步吧。到户外去，心情会很好。"

"去哪里？"

我对目的地其实无所谓，我只不过想带着先生去郊外走走。

一小时后，先生和我按照计划离开了市区，行走在分不清是村庄还是城镇的一个清静之地。我从石楠木篱笆上摘下一片柔嫩的叶子，兀自吹起了叶笛。

我有个朋友是鹿儿岛人，当时模仿着他，我慢慢学会了吹叶笛，现在还很拿手。我得意地一直吹着，先生不为所动地朝着旁边走去。

不久，一座略高的、葱茏得仿佛被绿叶封锁般的住宅前岔出一条小路，门柱上钉着的名牌上写着某某园，于是我们当即明白那并非私人住宅。先生望着缓缓长坡上的入口，说："进去看看吧。"我马上应道："应该是个小园林吧。"

在植物丛中绕了一圈，再往里走，左侧有座房屋。拉门大敞着，里面却空荡荡的，一个人影也不见，只有屋前摆放着的大水缸里养的金鱼兀自来回游动。

"真安静啊,不打声招呼就进去也没事吗?"

"应该不打紧吧。"

于是我们又往里走去。但那里依然不见一个人影。杜鹃花如燃烧的焰火般尽情绽放着。先生指着其中一株桦木色的、长势颇好的杜鹃花说:"这株大概是雾岛①吧。"

芍药也种植有十多坪②,因为还没到季节,所以一株都没开。这片芍药地旁有个物什,看着像一条旧长凳,先生呈"大"字状在长凳上躺下,休憩起来。我坐在长凳余下的角落抽起烟来。先生望着蓝得透彻的天空,我被鲜嫩的叶子围绕着,为那绿色心驰神迷。每一片嫩叶的颜色在细看之下都似乎与众不同。即使同一株枫树,枝叶的颜色也不尽相同。先生之前信手挂在杉树苗上的帽子,被一阵风扬起吹落。

27

我马上捡起帽子,用指尖弹掉沾在上面的几处红土,呼唤先生。

"先生,帽子掉了。"

---

① 指雾岛杜鹃,主要生长在日本九州雾岛山一带。
② 日本土地面积单位,1坪约合3.306平方米。

"谢谢。"

先生欠起上半身接过帽子，就那么保持着半起半卧的姿态，问了我一个奇怪的问题：

"冒昧地问一句，你家财产有不少吧？"

"没多少财产的。"

"那大概是多少呢？我这么问，请别见怪。"

"要说多少的话，也就有点山地和田地，钱什么的就甭想了吧。"

先生一本正经地打听我家里的经济状况，这还是头一回。关于先生的生活用度，我还从没问过。刚和先生认识那会儿，我就对先生何以能悠游度日颇为疑惑。从那以后，这个疑团一直在我心里挥之不去。可是我一直觉得，当面问先生这么露骨的问题会显得很冒失，所以始终克制着自己。我闭上了因看久了嫩叶而疲乏的眼睛，心里却又一下子冒出这个问题。

"那么先生，您持有多少财产呢？"

"你看着我像财主的样子吗？"

先生的穿着一直很朴素。并且因为家里人很少，所以住宅也绝对算不上多大。但他在物质生活方面颇为宽裕，即使像我一般的局外人也看得分明。总之，先生的生活即使算不上奢侈，也绝不至于需要抠抠搜搜，盯着账本过日子。

"看着很像呢。"我说。

"嗯，钱还是有一些的，但绝对不是什么财主。财主的话还不得盖个大房子。"

这时，先生直起身来，盘腿坐在长凳上。这么说完后，他用竹杖在地上画了一个圆形的图案。画完之后，他把竹杖径直戳在地上立住。

"不过原本我还真是财主呢。"

先生的话听起来像是自言自语。我未能马上领会他话里的意思，于是缄默不语。

"告诉你吧，原本我还真是财主呢。"先生重复了一遍，看着我的脸微笑着。我仍旧什么也没回答，或者说我也不知如何应答才好。先生转而提了另一个问题：

"你父亲的病后来怎么样了？"

正月以后，我对父亲的病情一无所知。每个月都有一封简单的家书连同汇票一起从老家寄来，信上都是父亲的笔迹，但几乎不再提及他自己的病情。而且字体也很从容，没有病人常见的写字运笔时手抖的现象。

"家里来信什么也没说，应该还好吧。"

"那就好，不过毕竟是病，还是得小心。"

"还是不行吗？但眼下应该比较稳定，信上也什么都没有写呢。"

"是吗？"

我原本以为先生问我家里财产情况，又问父亲的病情，只不过是普通的谈话——心里怎么想，嘴上便怎么说的那种普通的谈话。不料先生是把这两个问题联系在一起的，他的话里含义颇深。我没有先生那样的亲身经历，自然没有意识到这一层。

上 先生与我　　59

28

"既然你家里有财产,我想你就应该趁现在好好处置一下。虽然我可能多管闲事了,但是趁着你父亲还健在,该属于你的东西还是先分配好。要是有个万一,最伤脑筋的就是财产的问题了。"

"嗯。"

我对先生的话并不十分在意。我相信在我家里,我自己也好,我的父亲、母亲也好,没有一个人会担心这事。另外,先生的话也让我有些意外,毕竟他是先生,刚才的这番话却如此现实。但出于对年长者平素就有的敬意,我选择默不作声。

"我是预想到你父亲的身后事才说这番话的,如果让你感觉不快,请你原谅。但人总难免一死。即使再健康,也不知何时就死了。"

先生的口吻里,有一种罕见的苦楚。

"那种事我一点都不会放在心上。"我辩解道。

"你一共有几个兄弟?"先生问道。

另外,先生又问我家里有几口人,还有没有亲戚,叔叔婶婶的情况怎样,等等。最后他这样说道:

"大家都是好人吗?"

"好像没什么人算得上坏人,因为基本上都是乡下人。"

"乡下人为什么就不坏呢？"

这句话让我措手不及，但先生并没有留给我思考如何应答的余地：

"乡下人反而比城里人更坏。还有，你刚才说了，你的亲戚当中没有什么人算得上是坏人。但你是认为世间的确存在坏人的对吗？那种按模子刻出来的坏人本就是不存在的，平时大家都是好人，至少都是普通人。而到了关键时刻，大家摇身一变，就成了坏人，这才是可怕的地方，所以不可掉以轻心。"

先生的话好像还没有告一段落，我也想再说些什么。不料后方突然有狗叫起来，先生和我都吓了一跳，扭头想看个究竟。

从长凳侧面到后面栽培的杉树苗旁边，有一片三坪见方的山白竹。狗便是从山白竹里探出头和脊背，狂吠不止的。就在这时，有个十来岁的孩子赶来，对着狗一阵呵斥。那孩子戴着一顶别着徽章的黑色帽子，绕到先生面前敬了个礼，问道：

"叔叔，你进来的时候屋里都没人吗？"

"一个人也没有呢。"

"可是姐姐和妈妈之前在厨房那里来着。"

"是吗？有人在的呀。"

"啊。叔叔，你要是打声招呼再进来就好了。"

先生苦笑着，从怀里掏出荷包，把一个五分钱的铜板塞到孩子手上。

"去告诉你妈妈，就说让我们在这里休息一会儿。"

那孩子十分伶俐，笑意盈盈地点了点头。

"我现在是纠察小队长呢。"

孩子说罢,穿过杜鹃花丛朝着下面跑去。狗高高翘起尾巴跟在他后面追着。过了一会儿,闪出两三个和那孩子年龄相仿的小伙伴,也朝着纠察小队长的方向赶去。

29

由于这条狗和孩子,先生的话未能说到最后,我最终还是不得要领。当时的我对先生所介怀的财产之类的问题完全没有概念。根据我的性格和所处的境遇,当时的我根本没有为这些利害关系伤脑筋的余地。细想之下,这也是因为我还不曾真正涉世,没有身临其境。总之,对于年轻的我而言,不知为什么,金钱问题似乎十分遥远。

先生的话中,唯独有一点我想刨根问底,就是"到了关键时刻,大家摇身一变,就成了坏人"究竟是什么意思。就这句话而言,我也并非完全不能理解,但我还想了解与之相关的全部内容。

狗和孩子离开之后,宽广的绿叶林又回归平静。我们像是被人锁住了喉咙,一时都没有说话。起先令人心驰神往的天空渐渐黯淡了下来。眼前的树大概是枫树,那枝条上翠绿欲滴的嫩叶在我们眼中也渐渐地暗了下去。远处传来货车来回经过的隆隆响声。我想象着那是村子里的男人装载了一些花木准备赶赴庙会。先生听着那种声响,像是忽然从冥想中回过神来似的,站起身来。

"差不多该回去了。白天好像变长了不少,不过这么优哉游哉地晃荡着,不知不觉也快天黑了。"

先生的背上满是方才仰卧在长凳上留下的痕迹,被我用双手拍打了下去。

"谢谢,没粘上树脂什么的吧?"

"都拍干净了。"

"这件和服外套是最近刚做的,要是弄得太脏了,回家要挨我妻子骂的。谢谢你。"

我们又来到那条平缓而漫长的斜坡中间的房屋前。起先进去时,外廊上不见一个人影,女主人正同一个十五六岁的女孩往线轴上缠纺线。我们在大鱼缸旁边打招呼说:"实在打扰了。"女主人回道:"哪里,是我怠慢了。"对刚才给了那孩子铜板的事,她也不忘道谢。

从门口出来,走过了两三条街,我按捺不住开口向先生问道:

"刚才先生您说的,到了关键时刻,大家摇身一变,就成了坏人,究竟是什么意思呢?"

"说来也没什么深奥的意思,就是说,那是事实,不是道理。"

"是事实也没关系。我想问的是,'关键时刻'是什么意思,那究竟是指的什么样的情况呢?"

先生笑了起来。仿佛已经过了该问的时机,现在没热情跟我

上 先生与我 63

解释了一样。

"就是钱呐。一看到钱,任是什么样的君子也会马上变成坏人的。"

在我看来,先生的回答实在太平淡了。既然先生没有兴致,我也就泄气了。平复了一下情绪后,我又轻快地迈起步来,将先生落在了后面。"喂,喂。"我听到先生从后面叫我。

"喔,你瞧。"

"瞧什么?"

"瞧你的心情,不是马上因为我的一个回答就改变了吗?"我停下脚步,转身等先生赶上我,先生看着我的脸说道。

30

当时的我对先生有些腹诽。两人并肩走着的时候,我也故意不开口问他本来想问的事。但先生像是没有注意到我情绪的变化,看起来对我的态度毫不介怀。他还是保持着平常的沉默,迈着从容的步伐。我突然有点火气上头,想说些什么让先生难堪一下。

"先生。"

"怎么了?"

"刚才先生您有点兴奋呢,就是在小园林里休息的时候。我平时很少见到先生这么兴奋,今天真是难得。"

先生没有马上回话。我觉得自己的小心机得逞了，又觉得好像没有命中目标。没办法，我打算接下来不说话了。先生突然朝路边走去，然后在一片修剪得很漂亮的篱笆前停下，撩起衣服下摆开始小便。先生解手时，我呆呆地站在原地。

"哎呀，失礼了。"

先生这么说着，又往前迈开脚步，我最终放弃了捉弄先生的念头。我们途经的地方渐渐地热闹起来，刚才还能依稀见到的宽阔的坡田和平地已经全然不见，代之以左边两侧井然排列的房子。但在多处宅子的角落里，仍有豌豆藤顺着竹竿蔓延，还有被圈养在铁丝网里的鸡，显出一派宁静的氛围。从市里回来的驮马不断从我们身边交错而过。这些景象令我看得出神，刚才的疑问早被抛到爪哇国去了。等先生突然提起那个话题时，我早都忘了。

"我刚才看上去真的很兴奋吗？"

"倒也没有很兴奋，只是有一点……"

"哦，那样也没关系，原本我也是会兴奋的。一提到财产，我肯定会兴奋的。我不知道你怎么看我，我是对这方面执念很深的人。对于别人曾经带给我的屈辱和伤害，就算过了十年、二十年，我也绝不会忘记。"

先生的语气比刚才更兴奋了。但让我惊讶的绝不是他的语气，而是我理解的他所说的话的含义本身。从先生口中听到这样的自白，即使是我也感觉非常意外。我从来没有想到他竟然是一个有着这样的执念的人。我偏执地以为先生是柔弱的，并对他柔

上 先生与我　65

弱而高蹈的气质怀有崇敬之情。我刚才一时意气用事，想要与先生针锋相对，却在他的一席话前委顿了下来。先生还这样说道：

"我曾经被人欺骗过，而且是被和我有血缘关系的亲戚欺骗的，我绝对不会忘记这件事。他们在我父亲面前表现出一副谦谦君子的做派，结果我父亲还未入土，他们就都变成了不可饶恕的不义之徒。我至今都背负着他们带给我的屈辱和伤害，恐怕要背负到死去那天吧。到死我也不会忘记的，况且我还没有复仇。不过，我现在做的事已经超出了对个人的复仇。我不只仇恨他们，也连带着仇恨他们所代表的那一类人，我认为这就够了。"

我竟然连一句安慰的话都说不出口。

31

那天的谈话就此打住，没有再往下展开了。或者说是我对先生的态度产生了畏惧，没心思继续这个话题。

两人从市郊上了电车，在车上几乎没再交谈，下车之后也很快就道别了。道别的时候先生又一反常态，他用比平日开朗的语调说："从现在到六月份是最令人开心的时候了，说不定是你一生中最开心的时候，尽情去玩吧。"我笑着摘下帽子。当时我看着先生的脸，怀疑先生是否真的在心里怨恨着芸芸众生呢？那种眼神，那种口气，分明看不出丝毫厌世的阴影。

我承认，在思想方面，我从先生身上获益匪浅。但也不得不说，有时在另一些问题上，我很想获得教益，却未能如愿。与先生的谈话常常因为我不得要领而不了了之。那天两人在郊外的谈话，便作为我不得要领的一个例子留在我的心里。

有一次，心大的我终于在先生面前把话挑明。先生当时笑吟吟的，我这样说道：

"如果是我头脑迟钝而不得要领倒也罢了，让我伤脑筋的是，有时您明明知晓却不告诉我。"

"我什么都没有隐瞒。"

"您隐瞒了。"

"你是不是把我的思想或意见什么的，和我过去的经历混淆在一起了呢？虽然我是个潦倒的思想者，但我不会故意向别人隐瞒我头脑里的想法，因为没必要。至于是不是一定要将我的过去悉数告诉你，那就是另一个问题了。"

"我不认为是另一个问题。正是因为您的过去，才有您现在的思想，我很看重这点。把两者割裂开的话，对我而言就变得几乎没有意义了。如果只是得到一个没有灵魂的人偶，我是无法满足的。"

先生目瞪口呆地望着我，拿香烟的那只手微微有点颤抖。

"你可真大胆啊！"

"我只是认真而已，想认真地接受人生的教训。"

"哪怕是揭发我的过去？"

"揭发"这个词突然在我耳畔发出可怕的回响。我感觉此刻坐在我面前的是一个罪人，而并非我平素敬重的先生。先生的脸色有些苍白。

"你是认真的吗?"先生诘问我,"我是因为过去的经历才开始不信任人,所以实际上我也不信任你。可是至少我不想怀疑你,你太单纯了,让人不忍心怀疑。在死之前,我还是想信任人的,哪怕只信任一个人也好。你愿意成为这个人吗?你是发自内心的吗?"

"如果我的生命是真实的,那么我所说的就是真的。"

我连声音都开始发颤了。

"那好。"先生说,"我说开好了。把我的过去毫无保留地说给你听。不过……唉,那也无所谓。但我的过去对你来说可能并非那么有价值,也许没听到还更好。另外……现在还不能说,你先别急,等到恰当的时机,我再告诉你。"

那天回到宿舍后,我依然有一种压迫感。

32

在教授眼中,我的论文并没有自己评价的那么好。即便如此,我还是如期毕业了。毕业典礼那天,我从行李箱中翻出一件带着发霉气味的旧冬衣穿上。进了会场排好队,看大家的脸色,好像都热得不行。我全身被包裹在厚呢绒下,极不自在,站了不一会儿,手中的手帕就湿透了。

典礼一结束,我立刻回宿舍把身上脱得精光。打开二楼的窗户,我把毕业证书卷成望远镜状,从那圆筒里窥视着世界。然后我把毕业证书扔在桌上,在房间正中位置躺成"大"字形。迷迷糊糊中,我回顾着自己的过去,并想象着自己的未来,觉得隔开两者的这一纸毕业证书很微妙,似乎有些意义,又似乎一无是处。

那天晚上,我应邀到先生家吃饭。这是我们之前的一个约定:要是我顺利毕业了,当天晚上就不到外面吃,而在先生家犒劳一下自己。

餐桌也按照约定摆放在客厅外廊的旁边。织有花纹的、浆得硬厚的桌布映着灯光,显得格外清丽。在先生家吃饭,必定要在西餐馆中常见的那种白亚麻布上摆上碗筷,那布还必定刚刚洗过,雪白无比。

"桌布和领口、衣袖是一回事。要是用脏的,还不如一开始就用带颜色的。如果用白色的,就得是纯白的才好。"

这么说来,先生果然有些洁癖。书房也收拾得井井有条。先生的这个特点,经常给不修边幅的我留下很深的印象。

"先生有洁癖吧。"以前我这么跟夫人说时,夫人答道:"但他对和服之类的好像不是那么讲究。"在一旁听到我们的谈话的先生笑着说:"说实话,我是有精神洁癖,这一直让我很痛苦。想来我真是傻里傻气的。"所谓的精神洁癖,是俗话说的神经质,还是道德上的洁身自好,我想不明白,夫人也似乎不知其意。

那天晚上,我和先生对坐在白桌布前,夫人将我们安置在她左右,她自己则坐在面朝院子的位置。

"祝贺你!"先生说着,向我举起酒杯。对着这杯酒,我的情绪并不如何高昂。当然，其中有一个原因是我自己对这句话的反应并不欢欣雀跃。但先生的话里也绝没有带着能激发我喜悦的欣喜之情。先生笑着举起酒杯，我从他的笑容里未能辨出丝毫恶意的讽刺，但也体味不出真心祝贺我的情意。先生的笑容仿佛在对我说："在这种场合，世人一般都会说上一句贺词的吧。"

夫人对我说："真不错啊，你父母一定会为你高兴的。"我突然想起生病的父亲，想赶紧把那张毕业证书拿给他看。

"先生的毕业证书是怎么处理的呢？"我问道。

"怎么处理的来着——应该还藏在什么地方吧？"先生问夫人。

"嗯，应该还放着。"

看来两人对毕业证书的所在都不甚清楚。

33

到了用餐时间，夫人让一旁坐着的女佣到隔壁去，由她亲自为我们盛饭。这好像是先生家招待常客的惯例。开始的一两次我还感到拘谨，随着次数多了，当我把饭碗往夫人面前递去时，已经全然没有心理负担。

"来杯茶？还是吃饭？胃口真不错呢。"

夫人有时也会率性地跟我说话。可是毕竟那天时候不早了，我的食欲也没有夫人调侃的那么好。

"已经吃完了？你最近饭量小了好多啊。"

"不是饭量变小,是天气太热了吃不下。"

夫人唤出女佣收拾好餐桌,又让她去端了些冰激凌和水果出来。

"这是自家做的哦。"

看来夫人很清闲,都有空自制冰激凌来款待客人了,我连着吃了三支。

"你终于毕业了,接下来打算做什么呢?"先生问道。先生半边身子已经挪到外廊,在门槛边背靠拉门坐着。

我只知道自己已经毕业了,还没定好接下来的目标。见我迟疑不答,夫人问道:"当老师?"我还是没作声,于是夫人又问道:"当公差?"我和先生都笑了起来。

"说实话,我还什么都没考虑呢。对职业这东西完全没设想过。我想到底什么职业好,什么职业不好,没亲身经历过就不知道,真是很难选择。"

"那倒也是。不过你是家里有钱才能这么淡定地说出这些话,你且看看为钱所困的人,他们绝对不会像你这么沉得住气。"

我有个朋友还没毕业就打探着哪里有门路能让他做一个中学教师,我心里承认夫人说的都是事实。但我却这样说道:

"我是有点受先生影响吧。"

"你可别乱效仿他啊。"

先生苦笑着。

"受我影响也没关系,不过就像上次我跟你说的,趁着你父亲还健在,你该得的财产要落袋为安。否则你可不能掉以轻心。"

我想起五月初杜鹃花开得正盛时,和先生一起在郊外小园林宽敞的庭院里的交谈。当时,在回来的路上,先生以亢奋的语气对我强调的话语再次在我耳畔回响。那番话不仅语气强烈,内容也非同小可。可是当时不明真相的我只觉得那些话有头没尾。

"夫人,您府上有很多财产吗?"

"为什么问起这个?"

"我问了先生,但他不告诉我。"

夫人笑着看了看先生。

"因为没多少财产,所以还不到可以声张的程度吧。"

"可是需要多少钱才能像先生这样生活呢?我想做个参考,回家时好和父亲谈判,请告诉我吧。"

先生身朝院子,若无其事地抽着烟。我只能同夫人说话了。

"谈不上有多少呢,我们只是凑合着过日子罢了。——先不说这个了。你接下来不做点什么可不成呀,不能像先生这样游手好闲……"

"我才没总是游手好闲呢。"

先生稍稍侧过脸来,否定了夫人的说法。

34

那天晚上我是十点多离开先生家的。因为两三天之内要回一趟老家,所以离开先生家前我说了一些道别的话。

"又要有一阵子见不到您了。"

"九月份能回来吧。"夫人问。

我已经毕业了,因此九月份没必要回到东京,但也不想在盛夏八月来东京。对我而言,是不存在所谓"找工作的黄金时间"的。

"大概要到九月份吧。"

"那么,请多保重。我们这个夏天也可能去哪里避暑,实在是太热了。如果成行,到时还要给你寄明信片。"

"如果离开这里的话,打算去哪里呢?"

先生微笑着听我们一问一答。

"连去不去都还没决定好呢。"

正要起身离开时,先生突然叫住我,问道:"对了,你父亲的病情怎么样了?"我对父亲的健康状况几乎一无所知。既然信上什么也没说,我想也不至于恶化。

"那种病可不能太马虎了,一旦出现尿毒症就没救了。"

我连尿毒症这个词的意思都不清楚。之前放寒假在老家见到医生时,好像也根本没听说过这个专业术语。

"一定要好好照顾你父亲呀。"夫人说,"要是毒素扩散到脑部,那就回天无力了。这可不是开玩笑的。"

没有这种经验的我虽然心下惴惴,但脸上仍然挂着笑。

"反正也说是治不好的病,再担心也无济于事。"

"能那么想得开,那也没什么好说的了。"

夫人大概想起过去自己的母亲也死于同一种病,用低沉的语调这样说着，低下了头。我也为父亲的命运感到一阵哀伤。

这时，先生突然对夫人道：

"静，你会比我先死吧？"

"为什么？"

"没有为什么，就是随口问问。也许我比你早走一步也说不定。人世间基本上都是做丈夫的先走，妻子在后，好像都约定俗成了。"

"也不尽然啊。不过一般男人的年龄都相对较大吧。"

"所以丈夫一般就先走了。那么我也比你早一步去那个世界报到喽。"

"你是例外。"

"是吗？"

"你身体结实着呢，也几乎没得过什么遭罪的毛病，不是吗？这么一来怎么说也是我走在前头。"

"你在前头？"

"是，一定是我先。"

先生看着我的脸，我笑了。

"可是如果我先一步走了，你可怎么办呢？"

"什么怎么办……"

夫人一时语塞，好像对先生之死的想象太过悲伤，胸口被猛捶了一下。但当她再次抬起头时，情绪已经转变过来了。

"什么怎么办？真拿你没辙了。那句话怎么说来着，黄泉路上无老少嘛。"

夫人特意看着我，像是开玩笑般说道。

35

我本来已经站起身，这时又坐下了，陪着他们把这个话题聊完。

"你怎么看呢？"先生问道。

是先生先死，还是夫人早走一步？这本来就不是我能判断的问题，所以我只是讪讪地笑着。

"寿命还真是说不准啊，我也是。"

"寿命这个问题还真是这样。人出生的时候就注定了该活到多少岁，这也是没办法的事。我的父亲、母亲几乎是同时死的。"

"仙逝的日子是同一天吗？"

"虽然没有巧合到同一天，但也差不多，他们是相继去世的嘛。"

这对我来说属于全新的认知范畴，我觉得挺不可思议的。

"为什么会一起去世呢？"

夫人正想回答我的问题，先生却制止道：

"这个话题就此打住吧，没什么意思。"

先生故意啪嗒啪嗒地摇着手中的团扇，回头看着夫人说：

"静，如果我死了，这房子就归你了。"

夫人笑了起来。

"要连地皮一起给我哦。"

"地皮是别人家的,没办法,不过我的全部家当都会给你的。"

"那就多谢了。不过我得到了这些横排的洋文书也没什么用呢。"

"可以卖给旧书铺啊。"

"大概能卖多少钱?"

先生对这个问题避而不答。但先生说话三句不离自己的死亡,并且假定自己肯定死在夫人前头。夫人最初看起来也故意在和先生一唱一和,但不知不觉之间,她那颗感伤的女儿心也不禁愁苦起来。

"我如果死了,我如果死了,这种话你说了多少遍了?日子还得过,求求你适可而止,别再动不动就说如果死了的话,又不是什么吉利话。如果你死了,什么都按你的心愿来办,这总好了吧?"

先生朝着院子的方向笑了笑,但不再说让夫人听着刺耳的话了。我想到自己待的时间太长了,便马上站起身来。先生和夫人一起送我到门口。

"好好照顾病人。"夫人说道。

"九月份再见。"先生说。

道别之后,我走出了拉门。在玄关和大门之间有一株葱茏的桂花树,像要挽留我一般,在夜色里舒展开枝条。我走出两三步,望着漆黑的叶子覆盖下的树梢,想象着即将到来的秋天里桂花的姿态和芳香。我从一开始就将先生家和这株桂花树一起放在记忆里，不曾把它们分开。我站在树下，想象着再次踏入先生家门要等到秋天了，这时，拉门透出的灯光突然熄灭了。先生夫妇看样子进到里屋去了。我一个人来到昏暗的门外。

我没有马上回宿舍。回老家前要购置一些东西，另外也得给装满美食的胃袋减减负，于是我信步朝热闹的街市走去。街市的夜场好像刚开始，闲来无事的男男女女熙来攘往。我碰到一个今天和我一起毕业的家伙，他硬拉着我进了一家酒吧，在那儿听完他啤酒泡泡一样的侃大山，回到宿舍已经十二点多了。

36

第二天我冒着暑气，去购置老家的人托我买的东西。看到信上的嘱托时，我原本以为没什么大不了，真到买的时候，才觉得相当麻烦。我在电车上一边擦汗，一边埋怨着这些不把别人的时间和精力当回事的乡下人。

我不想白白浪费这个夏天。回到老家后的日程我早已安排好，为了履行到实处，我还得去买些必需的书籍。我已经盘算好要在丸善书店消磨半天。站在与自己关系密切的书架前，我从头到尾一本一本地看过去。

要购置的东西里，最麻烦的是女人的和服衬领。我问了店里的小伙计，他倒是帮我拿来了很多，该怎么挑选呢？到了买的时候，我又迷迷瞪瞪的了。另外，它的价格也难以捉摸，以为廉价的东西，一问发现价格不菲；以为价格不菲的，最后却相当便宜。或者说不管我再怎么比较，也看不出价格的差距体现在哪里。我完全气馁了，暗自懊恼怎么不事先劳烦夫人来帮忙呢？

我买了个手提包。虽然不过是国产的低等货色，但上面的金属配饰亮闪闪的，足够唬住那些乡巴佬了。这个手提包是母亲吩咐我买的。信上还特意交代，让我毕业后买个新皮包，把所有的伴手礼一股脑儿装里面带回去。读到这句话时，我失声笑了出来，不是不了解她的小九九，而是被这话里的滑稽劲儿逗乐了。

正如我在道别时向先生夫妇说的，我在第三天乘坐火车离开东京回乡。入冬以前，先生几次提醒我留意父亲的病情，按照我的立场，本应该最担心不过了，但不知为何，我并不怎么因此而愁苦，反倒想象着父亲去世后母亲会很可怜。原来在我内心，竟已经明白无误地为父亲的去世做好心理准备了。在寄给九州的哥哥的信中，我说了父亲的身体看样子无法恢复到原来的状态，也写了如果工作安排得过来，尽量这个夏天回家看望父亲一下。我甚至用了感伤的字句写道，两位老人在乡下相依为命，很难令人放心，作为儿子，我们实在有愧云云。我当然是照着心里的想法写的，但写完之后，我的心境又变得不同了。

我在火车上思考着这些矛盾。想着想着，觉得自己真是个心思不定的轻浮家伙。我有些恼恨起来，又想起了先生夫妇，特别是忆起了两三天前晚餐上的对话。

"哪一方会先死呢？"

我口中喃喃重复着那晚先生和夫人讨论的这个问题。我想，任谁也难以自信地回答这个问题。不过若清楚哪一方先死，先生会怎么样呢？夫人又会怎么样呢？先生和夫人想必都只能维持现在这样的态度吧（正如我的父亲在老家等待死亡，而我却无可奈何一样）。我突然感到生而为人的无常，我们带着与生俱来的脆弱而无可奈何，真是无常之至。

中 父母亲与我

1

回家后，让我颇感意外的是，父亲的气色和上次见面时并没有多大区别。

"啊，回来啦？是啊，不管怎样，能毕业就是好样的。等我一会儿，我洗个脸就过来。"

父亲正在院子里做着什么。为了遮阳，他在旧草帽后面别了一条脏兮兮的手帕。父亲一边簌簌地摇着那条手帕，一边往井口旁的后院绕了过去。

在我看来，从学校毕业这件事对于我们这样的普通人来说是理所当然的，但父亲却比我预想的还要欣喜，这使我在他面前有些不安。

"能毕业就是好样的。"

父亲絮叨了好几遍这句话。我在心里将父亲的欣喜，和毕业典礼那天晚上在先生家就餐时，先生说着"祝贺你"时的表情比较了一下。比起敝帚自珍一般喜出望外的父亲，我竟觉得在嘴上说着祝贺，心里却不以为意的先生更高尚些。最后，我对父亲这因无知造成的土气样儿感到不快起来，忍不住反唇相讥道：

"就算大学毕业了也没好到哪里去,每年都有好几百号人毕业。"

父亲的神情陡然变得很奇怪。

"我也不是说毕业了就万事大吉。毕业了毕竟是好事,但我说这话其实还有别的意思,你要是能明白的话……"

我想听父亲继续说下去,但父亲好像欲言又止,最后这样说道:

"我的意思是,你毕业对我可是件好事。你也知道我带着病,去年冬天见到你时,我心想搞不好我只剩三四个月可以活了,不料不知走了什么好运,竟然拖到了现在,起居也没什么不便的。正好这时你毕业了,所以我很高兴。好不容易培养起来的儿子,能在我活着的时候毕业,比起在我去世后才毕业,当然更值得高兴,不是吗?你见多识广,也许觉得无非是大学毕业,没什么特别有意思的。不过在我看来立场就稍微不一样啦。也就是说你毕业这件事,对我比对你更难得,这下你明白了吗?"

我一句话也说不出来。比起愧疚,我内心的惶恐更让我无地自容,只兀自低着头。看来父亲气色尚好时就已经做好面对死亡的心理准备了,并且似乎认定会在我毕业之前离世。我真是个蠢货,居然一直没意识到自己的毕业对于父亲的心灵是多大的慰藉。我从手提包里取出毕业证书,郑重地展示给父母看。证书被挤得皱巴巴的,已经面目全非了。父亲小心地把它展开。

"这种东西应该卷好了拿在手上带回来的。"

"里面要是放个什么撑着就好了。"母亲也在旁提醒我。

父亲端详了好一会儿,起身走向壁龛,把证书放在任谁进来都可以一眼看到的正中位置。要搁在平时,我肯定又要说些什么,但当时我的态度与平时完全不同,对父母没有丝毫的抵抗情绪。我一声不吭,但凭父亲的心意,随他摆放。这张证书是用蛋壳纸①做的,一旦被压得变形了,就不听父亲使唤,刚把它摆在合适的位置,就又要顺势倒下来。

2

我把母亲叫到一旁,询问父亲的病情。

"我爸那么精神地在院子里到处鼓捣,真的能行吗?"

"好像没什么事了,也许是病情好转了吧。"

母亲居然分外平静。远离城市,生活在森林和山野之间,母亲和一般的农妇一样,在这种事情上完全处于无知状态。尽管这样,上次父亲晕倒时,她又是那么惊慌害怕,那么牵肠挂肚,我不由得暗自纳罕。

"可是那时医生不是声称很难治好吗?"

"所以我想再没什么比人的身体更不可思议的东西啦。医生说得那么严重,但他到现在都挺硬朗的。刚开始我也很担心,让他尽量不要动。但你看,他就那么个脾气。倒是有在休养,但脾

---

① 用雁皮和黄瑞香树等为原料制成的一种上等日本纸。

气犟得很。自我感觉好的时候,就怎么也不肯听我的啦。"

我想起上次回来时,父亲那硬是要收起地铺,还要自己刮胡子的样子和态度,也想起父亲的那句话:"我已经没事了,你妈也太夸张了,不能这样。"于是也没底气再去埋怨母亲。本来还想跟母亲说"还是要在身边提醒他一下",但又踌躇了一下,没说出口。我只是围绕着父亲的病情,把自己知道的都讲给母亲听。不过大部分内容也是从先生和夫人口中听来的。母亲也没怎么流露出感动的神色,只是问道:"呃,也是同样的病啊,那真是不幸。去世的时候是多大年纪?那位。"

没办法,我就放任母亲不管,直接去找父亲。父亲比母亲更认真地听了我的劝告,说道:"有道理,你说得很对。不过,这毕竟还是我自己的身体,自己的身体该怎么保养,我有多年的经验,应该是最有发言权的了。"母亲听了这番话,苦笑着说道:"你看看他。"

"但是,我爸看着是这样,其实他心里都有数呢。这回我毕业回来他能高兴成那样,也完全因为这个。他说他以为自己活着的时候看不到我毕业,没想到我能在他健在的时候把毕业证书拿回来,所以他才那么高兴。这些可都是我爸亲口说的。"

"你啊,他嘴上是这么说没错,其实心里觉得自己的身体还结实着呢。"

"是那样吗?"

"他有心再活个十年二十年的呢。当然有时也跟我说些没底气的胡话,比如'看样子我已经活不长啦,如果我死了,你该怎么办,一个人守着这个家吗?'之类的。"

我的脑海里突然想象出那种画面:父亲过世后,母亲一个人守着这座又大又破旧的乡下农舍。这个家没了父亲的存在,还能维持下去吗?哥哥会怎么办?母亲会怎么办?顾虑着这些的我还能安然离开故土,在东京气定神闲地生活下去吗?面对母亲,我突然想起先生对我的提醒——趁着父亲还健在,把该分给我的东西拿到手再说。

"那什么,口口声声说自己要死的人一般都没那么容易死的,放心吧。你爸也是一样,嘴上总说着死啊死的,说不定还能活上好几年呢。比起他,那些一言不发、看着结实的人才更危险呢。"

不知道母亲这些迂腐的话是出自某种理论,还是以什么统计的结果为依据,我只是默默地听着。

3

父母亲商量着要为我毕业的事煮红豆饭招待客人。我从回来那天就预料到可能会发生这种事,心里暗暗发怵,所以听说以后,马上拒绝了。

"别那么大张旗鼓了。"

我讨厌乡下的客人。吃吃喝喝就是他们来这里的最终目的,净是些看热闹不嫌事大的家伙,我从小就厌烦为这些客人设置的宴席。何况他们说这次是为了我而来,我想象着那种场面,恐怕这种痛苦要更严重一些了。但当着父母的面,我又不可能要求他们别邀这些粗鄙的家伙来家里热闹一番,所以我也只能嘱咐他们别太铺张。

"什么铺不铺张的,一点也不铺张。又不是一辈子能经历几回的事,当然要请客了,你就别推脱了。"

母亲似乎把我大学毕业看得如同娶媳妇一样重要。

"其实不请客也可以,但要是不请客,要让人家说闲话的。"

这是父亲的说辞。父亲很介意别人在背后说三道四。确实如此,在这种场合,要是不能如他们所愿,他们就会马上散播闲言碎语。

"和东京不一样,乡下是破事一堆。"父亲又说道。

"还有你爸的面子呢。"母亲也加了一句。

我也不好再坚持自己的主张了,就想着只要他们觉得该办,那就办吧。

"我只是说,如果是为了我的话就不用张罗了。但要是为了不让人家在背后嚼舌根的话,那就另当别论了。对你们没好处的事情我是不会一意孤行的。"

"你要是这么认死理儿,就让我为难了。"父亲一脸的苦涩。

"你爸没说不是为了你,不过你好歹也要知道些人情世故吧。"

母亲一说到这些事情就前言不搭后语,毕竟是妇人。但要论谁讲了多少句话,父亲和我加起来也比不过她一人。

"做学问的人可不能这么一根筋啊。"

父亲只说了这么一句。但我从这一句简单的话里，听出了他平时对我怀有的全部不满。我当时并没有注意到自己措辞中的锋芒，只觉得父亲对我的不满不可理喻。

那天晚上，父亲的心情又逐渐变好，问我如果要请客，定在哪天对我最方便。

我其实无所谓方不方便，因为成天就是在老宅子里吃饭睡觉。父亲这样问我，其实就意味着他退而求其次了。在这么温厚的父亲面前，我只能丢盔卸甲服软了。和父亲商量之后，我们敲定了请客的日期。

在请客那天之前，发生了一件大事。那是明治天皇病危的通告。这件事通过报纸迅速传遍了整个日本。一户乡下人家为了庆祝儿子毕业，颇费周章终于准备好的庆祝仪式，就这么风拂尘土般告吹了。

"还是你有先见之明啊。"

戴着眼镜看报的父亲这么说道，转而又陷入沉默，好像想起了自己的病情。我记起了前些天的毕业典礼上，天皇依照每年的惯例御驾亲临的情景。

4

老宅子因为住的人太少，显得过于宽敞，此刻宅子里一片寂静。我打开行李箱，找出书本翻阅起来。但不知为什么，总感觉心神不宁。还是那令人目眩神驰的东京好啊，在那座宿舍的二楼，可以边听着远处电车途经的声响，边一页页地翻书。好像那样还更有干劲，更能愉悦地读得进书。

我动不动就靠在书桌边打瞌睡。有时候甚至拿出枕头，煞有其事地睡上一个午觉。醒来时听到蝉鸣，仿佛从我半梦半醒时就开始不断地响着，让人很快觉得嘈杂不堪。我一动不动地听着，有时会从心底涌上一阵哀伤。

我提起笔给几个朋友写了一些简短的明信片或长长的书信。这些朋友中，有的留在东京，有的回到了遥远的故土，有的会给我回信，有的则杳无音信。我从来没忘记过先生，我以回乡后的自己为主题，密密麻麻地写了整整三页纸给他寄去。给信封口的时候，我不由得疑心先生此时还在不在东京。先生和夫人一道出远门时，会请一个五十岁左右、梳着发髻的妇人帮忙看家。我曾经询问先生那个妇人是什么来头，先生反问我："你觉得她看起来像什么人？"我误以为那是先生的哪个亲戚，先生回答道："我没有亲戚。"先生和老家那边的亲戚一向没什么音信往来。令我心生疑窦的那个看家的妇人，原来是夫人这边的亲戚，和先生八竿子打不着。给先生寄信的时候，我不由得想起那妇人的形象：扎着一条细腰带，并在背后随意地打成一个结。我想，如果等先生夫妇已经离开东京避暑，我的信才寄到，那位妇人凭着机敏和善意，也应该会马上转寄出去吧。不过我也清楚，信上并没有什么很有必要写的事情。我只是百无聊赖地说些闲话罢了，信寄出以后，我开始期待先生的回信，然而到最后也没有收到回信。

父亲不像我上个冬天回来时那么沉迷于下将棋了，将棋盘上积满了灰尘，被冷落在壁龛的一角。尤其在陛下染病之后，父亲好像经常陷入沉思。每天等着报纸送到，一送到他就迫不及待地读起来，还会把读完的报纸特意拿到我这里。

"喏，你看，今天也详细刊出了天子阁下的消息。"

父亲总是把陛下称为"天子阁下"。

"说句糟心的话，天子阁下生的病，和你爸我的病很是相像啊。"

父亲这么说着，脸上布满凝重的愁云。

被父亲这么一说，我的心又揪了起来，不知道父亲什么时候会病倒。

"不过不打紧吧。像我这种小角色都活得好好的，天子阁下也肯定没问题吧。"

父亲安慰着自己还算健康，同时好像也预感到危险即将降临到自己的头上。

"我爸真的害怕起自己的病情了。似乎并不像母亲您说的，他有信心再活上个十年二十年。"

母亲听了我的话，表情十分迷茫：

"要不然再劝他下下将棋什么的看看吧。"

我从壁龛处取下棋盘，擦去了上面的灰尘。

中 父母亲与我

5

父亲的气色渐渐衰弱下去,那顶让我愕然的系有手帕的旧草帽也自然被闲置了。每次看到那顶放在漆黑架子上的帽子,我都颇为父亲感到心酸。父亲再像以前那样稍微活动身体时,我就会在一旁担心,默念着再小心点为好。父亲静坐着的时候,我不由觉得过去的他才是健康的。我常常和母亲聊起父亲的身体。

"你那全是心理作用吧。"母亲说。母亲一直把天皇陛下的病和父亲的病联系在一起,但我觉得事情并非这么单纯。

"不是心理作用,父亲的身体真的变差了,不是吗?总感觉比起心情,他的健康状况更糟。"

我这么说着,心下思忖着要不要再请那位住得很远的医生过来帮忙看看。

"今年夏天你也过得挺无趣的吧。好不容易毕业了,也没能庆祝一下,你爸的身体又是这个样子。另外,天子大人也生病了。要是你回来时就干脆地把宴席办了该多好。"

我回来时是七月五六号,父母亲提出要请客庆祝我顺利毕业是在我回来的一周之后,而定下日期时已经又过了一周。乡下生活节奏悠缓,可以不受时间束缚,回到这里的我竟阴差阳错地免受了烦人的社交痛苦,但并不理解我的母亲似乎没有察觉丝毫。

天皇驾崩的消息传来时,父亲手持报纸,口中"啊、啊"地失声叫了出来。

"啊、啊,天子大人到底也难逃一劫,我也……"

我到街市上去买黑纱。用黑纱将旗杆头的圆球裹起来,再往旗杆的上端系上三寸见方的飘带,把旗杆斜插在门上探出街去。旗子和黑色飘带一样,都在无风的空气中颓然耷拉着。老旧的院门顶上是用稻草铺就的,风吹雨打之下,那些稻草的颜色早已变化,透着浅浅的灰色,目光所及之处是多处凹凸不平。我独自走到门外,望着黑色的飘带和白毛纱布面料的旗子,以及两者中间晕开的一轮红日,这些颜色映在有些肮脏的门顶的稻草上。我想起先生曾经问过我:"你家房子的构造是什么样子的,和我老家的风格应该很不一样吧?"我不想让先生看见这座生养过我的老宅,并且觉得羞于展示给先生看。

我又独自踅回屋里,走到放着自己书桌的地方,一边读着报纸,一边想象着遥远东京的模样。东京这座日本第一大城市,是在怎样的黑暗中如何运转的呢?我想象着这样的画面。在这样的黑暗中,这座城市也应当努力运转,否则别无出路。而在这躁动不安的景象中,我看见先生的家,犹如一点灯火。我当时并没觉察到这盏灯火会被自然而然地卷进无声的漩涡中去,也没有意识到不久之后,那灯火倏然熄灭的命运将映入我的眼帘。

我想给先生写信说说这次的事情,于是提起笔来,但只写了十行便停了下来。已经写好的内容被我撕得粉碎,扔进了废纸篓

（我想到写这种事情给先生看也没什么用，而且从上次的经验看，他也绝不可能给我回信）。我很寂寞，因此才想写信，并且真的很期待他能给我回信。

6

到了八月中旬，我收到一位朋友的来信，信上说有个地方招聘初中教员，问我去不去。这位朋友出于经济上的需要，自己也在打探这样的职位。这个职位本来是落在他自己头上的，后来他有了更好的出路，就打算把多出来的这个机会让给我，所以特意写信告知我。我马上回信拒绝了他，并在信中写道：我相识的人当中，有一个正踏破铁鞋寻觅一份教师的差事，把这个机会转给这位朋友也许更好。

回信寄出去之后，我和父母亲提起了这件事情。两人好像都对我拒绝对方的做法没有异议。

"即便不去那种地方，也还有更好的出路吧？"

从他们的说辞里，我读出了他们对我抱有的过分的期待。糊涂的父母看起来一直期待着我取得高人一等的地位和收入，哪怕这些与我并不相称。

"更好的出路？近来那么好的肥差还真是不多见。而且我哥和我学的专业不同，时代也不同了，同等看待我们两人的话可有点让人难堪。"

"不过既然已经毕业了,至少应该独立自主,否则我们也不好办。要是人家问起'你家那位二公子大学毕业后在哪儿高就',我们回答不上来,面子也挂不住。"

父亲的表情有点凝重。父亲的想法还未能超脱这些年住惯了的乡下。那些乡下的张三李四,总是好打听谁大学毕业后每月能拿多少工资。父亲被问及时,一般回答说大概有百来块吧,他想为刚毕业的我撑点门面,传出去不至于太难堪。我总是以大城市为思想的出发点,在父母看来,这样的我无异于心比天高的怪物。实际上,即便是我,也经常会有这样的感觉。有时也想跟父母亲推心置腹地挑明自己的想法,但我和他们的距离实在太远,隔阂又太深,所以在他们面前,我只能缄默。

"去拜托下你时常称呼先生的那位如何?现在正是看交情的时候。"

母亲也只能将先生理解为这样的存在。但那位先生只会是劝我趁着父亲还健在,早些把财产拿到手的人,而不是能在我毕业之后,为我谋求社会地位的人。

"那位先生是做什么的呢?"父亲问道。

"他什么也没做。"我回答道。

我记得很早就跟父母亲说过先生并不工作,他们应该也还有这个记忆的。

"什么也没做,这是怎么回事呢?如果是你那么尊敬的人,总应该有个什么工作的。"

父亲这么挖苦我道。按照父亲的想法,有本事的人似乎总能在社会上得到高人一等的地位,而那些流氓之辈才成天游手好闲。

"即便是像我这样的人,虽然不能每月领工资过活,但也不至于游手好闲嘛。"父亲又这么说道。我仍然一声不吭。

"既然他是像你说得那么厉害的人物,肯定可以帮你找找出路的,求下他试试看吧?"母亲问道。

"不行。"我回答道。

"那不就没辙了吗?为什么不求他呢?写封信什么的也成啊。"

"嗯。"

我敷衍地应了一句,起身离开了。

7

父亲显然有些担心自己的病情。不过每次医生过来,他也没絮絮叨叨问许多让医生为难的问题。医生也顾虑着父亲的心情,什么也没说。

父亲好像已经在考虑自己的身后事了,至少在想象这个家没了自己之后会怎么样。

"让孩子求学,也好也不好啊。好不容易修完学业了,孩子却坚决不肯回家。这样一来,送孩子去求学,倒变得像为了将两代人分开似的。"

作为求学的结果，我哥现在远在他乡，而我也因受了教育，铁了心以后要留在东京。养育出这样的孩子，也难怪父亲要发牢骚了。想到住了多年的乡下老房子，最后只有母亲一人守着，父亲心里一定十分惆怅。

父亲坚信我们家是不能被动摇的。只要住在里面的母亲一息尚在，他就相信这个家不可能被动摇。但自己死后，就要留下孤独的母亲独自面对空荡荡的房子，父亲对此感到万分不安。尽管如此，父亲还是让我在东京谋个好职位，他的脑袋里充满了矛盾。我在不禁为这种矛盾莞尔的同时，也为自己因此可以回到东京而欣喜不已。

在父母亲面前，我不得不伪装出一副为谋得好职位而竭尽全力的样子。我给先生写了一封信，详细描述了家里的情况，委托他帮我周旋一下，但凡有我能够胜任的工作，我都愿意去做。我怀着对先生是否肯理会我的请求的担忧写下了这封信。即使先生肯理会，碍于他狭窄的交际面，可能也无济于事吧。写信的时候我又想，这次一定能收到先生对这封信的回复吧。

给信封口前，我对母亲说：

"我给先生写信了，就按您说的写了。您要不要看一下？"

母亲果然如我所料，并没有看这封信。

"是吗？那赶紧寄出去。这种事情即使旁人不提醒，你自己也早该做的。"

母亲还是把我当小孩子。实际上，我也感觉自己还像个孩子。

中 父母亲与我 97

"只是写封信是不够的,我九月份还得去一趟东京。"

"或许吧,但是说不定就有好出路了呢?还是提前拜托先生为好。"

"嗯,反正一定会有回信的,到时候再说吧。"

我很信任在这类事情上素来严谨的先生,也满心期待着先生的回信。可是我的期待终于落空了。过了整整一周,还是没有得到先生的任何音信。

"多半是到哪里避暑了吧。"

我只能向母亲辩解一般说道。那样的说辞不但是向母亲的辩解,也是向我自己内心的辩解。即便是我自己,也觉得牵强,但要是不假定一些情况,我就会很不安。

我不时会忘记父亲还处于病中,想着干脆赶紧回东京算了。父亲有时也会忘记自己的病情,虽然担心着将来,却也未对将来的事做出什么安排。我最终还是没按照先生忠告我的那样,抓住机会向父亲提出财产分配的请求。

8

到了九月初,我终于又要动身回东京了。我拜托父亲还是像从前那样给我寄学费。

"总在家里待着,是不可能得到您说的那种职位的。"

我说得像自己是为了谋得父亲所希望的职位才回东京似的。

"当然，等我找到工作以后就不用寄给我了。"我又说道。

我在心里想着，那种好工作到底是不会落到我头上的，可是不明就里的父亲一直相信的，与我的看法正好相反。

"那也就是一阵子的事，我这边会帮你筹措的。但时间长了可不行，谋到好职位之后就得独立了。按理来说，既然已经毕业了，从离校第二天起就不该再依靠别人生活。如今的年轻人花起钱来大手大脚，却完全不考虑挣钱的事。"

此外，父亲还絮絮叨叨讲了别的一些事，其中有这么一句："过去都是养儿防老，现在却都是年轻人啃老。"我只能默不作声地听着。

我想着父亲的牢骚也发完了，正准备悄悄地离席时，他问我什么时候出发，我说越早越好。

"让你妈帮你看个日子。"

"好的。"

当时的我在父亲面前分外听话。我打定主意，在离开乡下老家前，尽量不要惹父亲生气。父亲又开始挽留我：

"你一去东京，这屋里就又要冷冷清清的了，只有我和你妈两个人了。我要是身体还好，倒也没什么，但现在这个样子，难说哪天会不会突然出变故呀。"

我尽力安慰了父亲之后，回到摆着我的书桌的地方。坐在四下散乱着的书籍中间，我反复回想着父亲不安的神态和话语。这时我又听到了蝉鸣声，和我之前听到的不一样，这次听起来像是寒蝉的声音。夏天回到老家后，每每在沸腾的蝉鸣声中久坐不动时，我心里就会莫名升起一股悲凉。我感觉哀愁时常和着蝉虫激烈的鸣叫声，沁入我的心底。每到这时候，我总是一动不动，反观自己的内心。

这个夏天回乡之后，我的这种哀愁逐渐变了格调。就像油蝉的鸣叫声变成了寒蝉的那样，我觉得周遭人的命运，仿佛都在一个巨大的轮回中亦步亦趋。我一边回想着父亲落寞的神态和话语，一边又想起还没给我回信的先生。先生和父亲给我的印象截然不同。或许正因如此，无论是在比较时还是联想时，他们的形象都很容易同时浮现在我的脑海中。

我几乎知道父亲的一切事情，如果离开父亲，出于父子之间的情分，我会依依不舍，但也仅此而已。而关于先生的事，我有太多内容还不曾了解，我和他有过约定，他答应会把自己的过去说给我听，但还没找到机会。总而言之，于我而言，先生的形象是微暗、难辨的。我笃定地想穿越那幽暗之地，抵达光明的所在，否则心意难平。和先生断绝往来，对我来说是极大的痛苦。我请母亲帮我看了日子，定下了回东京的日期。

9

到了我快要动身的时候（记得是出发前两天的黄昏时分），父亲突然再次昏倒。当时我正在捆绑那塞满了书籍和衣物的行李箱。父亲刚进浴室，母亲去帮他冲洗后背，看到眼前的情景后大声地叫我。我跑去一看，父亲赤裸着身子被母亲从后面抱着。把父亲扶回客厅时，父亲说他已经没事了。为防万一，我还是坐在他枕边，用湿毛巾给他的额头降温，到了九点左右才草草吃了晚饭。

第二天，父亲比我预想的气色还好些。他不听我们的劝阻，非要自己上厕所。

"已经没事了。"

父亲重复着去年年底病倒时跟我说过的话。那时倒也像他说的那样，确实没什么大碍，我想这次或许也能逢凶化吉。不料医生除了反复提醒父亲一定要小心之外，不愿再对我们进一步的询问做出回答。我心下不安，等到动身那天，也没心思回东京了。

"要不先看看情况再说吧。"我和母亲商量。

"还是这样为好。"我的话正中母亲下怀。

之前父亲在前庭后院转悠时，母亲还神态自若，而一旦事态发展到如此地步，她便六神无主，忧心如焚了。

"你今天不是该去东京的吗？"父亲问道。

"哦，稍微延后一点。"我回答。

"是因为我吗？"父亲追问。

我有点犹豫。回答说是吧，好像在暗示父亲他的病来势颇凶，我不想让父亲神经过敏。但父亲好像看穿了我的想法。

"难为你了。"父亲说着，朝院子方向转过脸去。

我回到自己的房间，看着放在那里的行李。行李绑得很结实，随时都可以带走。我失神地站在它面前，心想该不该解开绑带。

中　父母亲与我　101

我坐立不安地挨过了三四天，父亲再次昏倒了，医生命令一定要安卧静养。

"怎么办才好呢？"母亲用父亲听不到的声音对我说，她的表情里充满了惶恐和焦虑。我准备给哥哥和妹妹发电报，但躺着的父亲几乎没有显出痛苦的样子。看他说话时的样子，完全像感冒的状态。此外，他的食欲也比平常旺盛，别人在旁提醒，他也不以为意。

"反正要死了，不吃点好的再死怎么成。"

这句话让我听着又是滑稽，又是心酸。父亲没有住在城市，不能吃上好东西。到了晚上，他向我们要来烤好的烧饼，嚼得咯吱作响。

"他怎么这么饥渴呢？或许他的身子骨其实还硬朗着呢。"

母亲在失望之余，又暗暗抱着希望，可是又把过去只在人生病时才用的"饥渴"的说法，作为父亲什么都想吃的解释。

伯父来家里探望时，父亲再三挽留，不放他回去。主要理由是感到寂寞，希望伯父多陪他一会儿，另外一个目的，则似乎是向伯父抱怨母亲和我不让他吃得尽兴。

10

父亲的病情持续了一个多星期。在这期间，我给在九州的哥哥写了封很长的信，寄给妹妹的信则由母亲来写。我心中暗想，这恐怕是向他们传达父亲身体情况的最后一封信了。因此，在寄给他们的信上，我也透露了这样的意思：要是到了最后关头，我会给他们发电报，到时务必赶回来。

哥哥的工作很忙碌，妹妹又有身孕，所以父亲的病情还没到十万火急时，我是不会轻易把两人召回来的。但话说回来，如果好不容易抽空回来，却没见到父亲最后一面，也是很揪心的事。因此我在发电报的时机方面，感到了不为人知的压力。

"我也没办法说得很清楚，但危险随时都可能降临，你一定要知道这一点。"

从有车站的那个镇上请来的医生这么跟我说道。我和母亲商量了一下，委托那位医生从镇上的医院请了一个护士过来。当父亲看到穿着白大褂、打着招呼来到自己枕边的女子时，表情变得挺奇怪的。

父亲早已知道自己得的是不治之症，但并没意识到死亡正在朝自己步步逼近。

"改天病好了，再去东京玩玩。人什么时候死也没个准儿。要做的事情一定要趁活着赶紧完成才是。"

母亲无奈地附和着说："到时候也把我一块儿带去吧。"

有时候父亲也非常落寞：

"我要是死了，你可要好好照顾你妈。"

我对这句"我要是死了"记忆颇深。我要启程离开东京时，先生曾对着夫人说了好几遍这句话，那还是我毕业那天晚上的事情。我回想起先生带着笑意的脸和夫人捂住耳朵说"不吉利"时

中　父母亲与我　103

的样子。那时的"我要是死了"还仅仅是一种单纯的假设,而我现在听到的是随时可能发生的事实。我无法效仿夫人对先生的态度,但口头上还是不得不说些什么搪塞父亲。

"不能说那么气馁的话哦。改天病好了不是要到东京游玩吗?叫上我妈一起。这次去东京,你肯定要大吃一惊,东京都变了。光是电车的新线路就增加了好多。电车发达了之后,街道也跟着变样了,而且市区也会重新规划,一天二十四小时,东京可以说一分钟都安静不下来。"

我是实在没办法才说了这些多余的话,父亲却也听得津津有味。

家里有个病人,进出家门的人自然就多了起来。大概隔天就会有一两个附近的亲戚轮流过来探望,其中也有住得比较远,平时没什么往来的亲戚。"以为怎么样了,看这样子不打紧。说话清楚,脸一点也没瘦。"我刚回来时,家里安静得很,现在因为这样的事情,家里渐渐嘈杂了起来。

这期间父亲卧床不起,病情变得越发不容乐观。我和母亲、伯父商量之后,终于还是给哥哥和妹妹发了电报。哥哥回复说会马上回来,妹夫也回复说即日动身。妹妹以前怀孕时流产过,妹夫说这次务必要安心静养,避免习惯性流产,所以这次他也许会代替妹妹过来。

11

即使父亲的病情令人惴惴不安，我仍然能腾出时间静坐，甚至有时间翻开书本连续读上十来页，一度捆得紧紧的行李箱也不知什么时候被打开了。我取出了生活所需的各种东西。回想着自己离开东京前在心里制订的这个夏天的行程，实际上践行的还不到三分之一。以往我也出现过好几次类似的情况，不过很少像今年夏天这样无所事事。虽然我觉得这也许是人世间的常态，但还是被消极的情绪压抑着。

我沉浸在不快的情绪中静坐着，边挂念着父亲的病情，想象着父亲去世后的情景，同时脑海中又浮现出先生的形象。我凝望着这两个形象，他们处于我不快心情的两端，地位、教养、性格截然不同。

当我离开父亲枕边，一个人抱着胳膊坐在凌乱的书堆中时，母亲探过脸来：

"稍微午睡一会儿吧，你也累坏了。"

母亲不了解我的心情，而我也不是母亲所能预设立场的小孩子了。我草草地道了声谢，而母亲仍兀自站在门口。

"我爸呢？"我问道。

"睡得好好的呢。"母亲回答。

母亲突然进来，坐在我的身边。

"先生那边还是什么消息都没有吗？"

母亲相信了我当时的话。当时我向母亲打包票说先生肯定会回信，但实际上完全没期待能如父母亲所希望的收到回信。最终，我无异于陷入了有意欺骗母亲一般的窘境之中。

"再写一封试试呗。"母亲说道。

如果能给母亲带来安慰，写多少封无济于事的信我也不嫌麻烦，可是用这种事逼迫先生不免令我痛苦。比起被父亲责备，或使母亲不悦，我更担心会被先生看不起。我甚至没来由地推想，先生至今没回复上次我托付他的事，没准便是这个原因。

"写信是不费什么事，只不过这种事靠写信是很难捋得清楚的，不管怎样还是自己去一趟东京，当面拜托他才行。"

"可是照你爸那个样子，不是不清楚什么时候才能去东京吗？"

"所以我就不去了，能不能治好还是个问题，我打算就先这么候着。"

"这我完全理解，谁能不管不顾地撂下情况这么危险的重症病人跑去东京？不可能的嘛。"

我开始在心里怜悯起一无所知的母亲，可是我无法理解，母亲为什么在这种糟心的节骨眼上提这个问题呢？我疑心就像我把父亲的病放在一边，还有闲情逸致静静坐在这里读书一样，母亲难不成也忘记了眼前的病人，还有心思考虑别的？

"其实我是想，如果你的工作能趁着你爸还活着的时候有个着落，他应该就安心了。现在看来，也许无论如何都来不及了。即便这样，趁着他现在说话和神志都还清楚，让他开心也算尽了孝道吧。"

可怜的我处在无法尽这份孝道的境遇里，最终我连一行字也没写出来，也就没有信可以寄给先生。

12

哥哥回来时，父亲正躺着读报纸。父亲平素有个习惯，每天会雷打不动地浏览一下报纸。卧床不起以后，为了解闷，更是非读不可。母亲和我都没有坚决反对，而是尽量满足这位病人的愿望。

"这样的气色还不错。我还想是不是情况很危急，这不是挺好的吗？"

哥哥这样跟父亲说道，那种过于欢快的语调在我听来反而有点别扭。但在避开父亲和我面对面交谈时，他的语调却是低沉的。

"非得让他看报纸什么的吗？"

"我也觉得不合适，但他就是不答应，没办法。"

哥哥默默地听着我的辩解，过了一会儿说："他能看明白吗？"哥哥似乎观察到，父亲因为生病，理解能力好像都比以前迟钝了好多。

"那倒是没问题。我刚才坐在他枕边跟他聊了二十来分钟，一点没见他思维混乱不清，看这个样子，说不定能挺过挺长一段时间的。"

哥哥到后不多时，妹夫也到了，他比我们乐观多了，父亲东拉西扯地问了他好多关于妹妹的事情。"毕竟身体重要，还是不要勉强坐火车颠簸为好。受那罪来看望我，我反倒会担心的。"父亲又说道，"不碍事的，哪天我病好了，就去看看我的小外孙，都好久没去了。"

乃木大将[①]的死讯，父亲也是最先从报纸上知道的。

"坏了坏了。"父亲嚷嚷道。

不明就里的我被他这么突然的一句话吓到了。

"那时候以为咱爸脑袋真不行了，吓了我一跳。"事后哥哥跟我说道。"我也吓了一跳。"妹夫也表示同感。

那时候的报纸上面，全是让乡下人每天翘首以待的报道，我坐在父亲的枕边和他一起仔细地读着。没时间读的时候，我就悄悄拿回自己的房间，一篇不落地浏览一遍。很长时间里，我眼前总是浮现出身穿军装的乃木大将和他那女官装束的夫人的模样。

当萧索的凉风吹彻了乡村的每个角落，吹得昏昏欲睡的草木瑟瑟发抖时，我突然收到了一封来自先生的电报。在这狗见了穿西装的人都要吠叫一通的地方，哪怕一封电报都非同寻常。拿到电报的母亲一副惊慌失措的样子，特意把我叫到没有旁人的地方。

[①] 乃木希典（1849—1912），日本旧式陆军军官，日本军国主义扩张政策的积极推行者。

"是什么事?"母亲说着,站我身边等我打开电报。

电报很简单,只写道想见我一面,问我能否过去,我搔首不解。

"肯定是你之前托付他找工作的事呗。"母亲帮我推断道。

我也觉得也许就是如此,但要真是这样,又隐隐有些奇怪。不管怎样,特意把哥哥和妹夫都叫回来的我,不可能撂下父亲的病不管跑去东京。我和母亲商量后,决定回电报说去不了,并尽量用简单的语言写明了父亲病危的事情。但我还是心下不安,当天又详细写了一封信说明原委,寄了出去。母亲深信先生为我找工作上了心,不无遗憾地说道:"真是不凑巧,但也没办法啊。"

13

我的这封信很长,母亲和我都觉得这次先生肯定会回复点什么。信发出的第二天,又收到一封寄给我的电报,里面只写道不来也无妨,我拿给母亲看了。

"大概他是想来信说点更具体的吧。"

看来母亲还是一味地以为先生在为我的衣食生计周旋着,我也想过这种可能,但是从先生一向的风格推测,总觉得哪里不对。先生帮我找工作,这在我看来就是不可能发生的事。

"我的信应该还没寄到,这封电报一定是先生之前发出来的吧。"

我对母亲说这是明摆着的事，母亲煞有其事地思忖了一下，应道："是啊。"我明知道如果用"电报是在先生读到我的信之前发来的"来解释先生的行为，其实无济于事。

正好那天主治医生从城里带院长来到家里问诊，所以之后母亲和我就再也没机会说起这件事情了。两位医生会诊过后，给父亲灌了肠便回去了。

自从被医生要求安卧静养，父亲的大小便都要躺着等其他人帮忙处理。起初，这件事让素来爱干净的父亲十分忌讳，但因为身体实在不济，才不得不在床上解决。病情使他的脑袋渐渐迟钝，时间一长，他也对无意识的排泄不以为意起来。偶尔弄脏了被褥和床垫，别人蹙起了眉头，他本人却显得若无其事。当然，因为病的性质，他的尿量已经变得极少，这让医生颇为苦恼。父亲的食欲也每况愈下，偶尔想吃点什么，也只能让舌头过过干瘾，能入喉的东西极少。平时爱看的报纸也没力气伸手去拿了。放在枕边的老花镜，一直放在一个黑色镜盒里，再也没取出来。跟父亲打小就交好的一个叫作阿作的朋友，现在就住在一里开外的地方，那天阿作过来看望父亲时，父亲用昏花的眼睛看着他喃喃："啊，是阿作啊。"

"阿作，多谢你来看我。你身体结实，真令人羡慕啊。我已经不行啦。"

"没那回事啦。你的两个孩子都大学毕业了，得点病算得了什么。你看看我，老婆死了，也没个一男半女的，就这么干巴巴活着，身体再好不也没什么乐趣吗？"

灌肠是在阿作来后的两三天进行的。父亲说多亏了医生，他感觉舒服多了，很是高兴。对自己的寿命也好像生出了一些信心。在一旁的母亲大约是受到了感染，也可能为了鼓励病人，于是说起先生发来电报的事，她表现得就好像我的工作正如父亲所期待的那样，已经在东京有着落了。我在一旁听得颇为尴尬，但又不好拆穿母亲的话，只好一声不吭地听着，父亲脸上颇有喜色。

"那就好。"妹夫也说道。

"还不知道是什么工作吗？"哥哥问道。

话已至此，我更失去了否认的勇气，只得搪塞着回了些模棱两可的话，自己也不知所云，然后就借故走开了。

14

父亲的病渐渐到了只待最后一击的关头，但情况一时还徘徊不定。家人每天夜不能寐，不知命运的审判是否会在今天下达。

父亲完全没有显出令周围一众人等难受的痛苦情状，从这点上说，照料他倒还算轻松。出于谨慎，大家轮流照料他，其他人就可以在各自的床上充分地休息。有一天半夜，我不知为何失眠了，误以为听到了病人的呻吟，于是一下子从床上弹起，来到父亲枕边看个究竟。那天夜里轮到母亲看护，但母亲枕着自己的胳膊在父亲身边睡得正熟。父亲也好像在沉睡中，悄然无声，我蹑手蹑脚地又回到自己床上。

我同哥哥睡在一顶蚊帐里。只有妹夫,大概是被当作客人吧,独自睡在另外的房间。

"小关也挺受累的,这几天都耗在这里回不去。""关"是妹夫的姓氏。

"不过也不是那么忙,所以才可以在这里待着吧。比起小关,哥哥你就更为难了吧,要待这么久。"

"为难也没办法啊,这毕竟和别的事情不同。"

我和哥哥一起躺着聊天。哥哥和我都做好了父亲没救了的心理准备,甚至有时会闪过"既然也好不了……"这样的念头。作为儿子的我们,竟然好像在等待至亲的死去。但作为儿子的我们同样也都忌讳将这些直接表达出来,其实私底下在想什么,彼此都心照不宣。

"爸好像还以为自己能好起来。"哥哥对我说道。

实际上哥哥的话并非空穴来风,邻里街坊来看望时,父亲不顾我们劝阻,必定要见上一面,见了面也必定要为未能邀请对方来庆祝我的毕业表示遗憾,有时还会加上一句,说自己如果病好了就补上之类的。

"你的毕业庆祝宴没办成也好,我毕业那会儿多折腾。"哥哥勾起了我的回忆。想起当时大家喝得东倒西歪,醉醺醺的样子,我不由苦笑。父亲到处招呼客人吃饭喝酒的样子也如在眼前,让我颇感苦涩。

我们并非关系那么亲密的兄弟,小时候经常吵架,年纪小的我常常被惹哭。从上大学选了不同专业这一点，也可以看出我们性格的迥异。大学在读期间的我，特别在接触了先生之后，从一个更远的视角看哥哥，总觉得他带有动物性。我因为长时间没和哥哥见面，加上离得也远，不管从时间还是距离上，哥哥于我都不是很亲近的存在。但久别重逢时，兄弟间温情的一面还是会自然而然地涌出。场合的特殊性也是一个很大的原因，我们终究拥有同一个父亲。在行将就木的父亲枕边，哥哥和我握手言和了。

"接下来你怎么办？"哥哥问道。

我把性质全然不同的另一个问题抛给哥哥。

"家里的财产究竟要怎么处理呢？"

"我不知道，爸还什么都没说。但说是有财产，实际上也没多少吧。"

母亲则一直苦等着先生的来信，嗔问我道：

"还是没收到信吗？"

15

"老是'先生''先生'地叫着，到底是谁呢？"哥哥问道。

"之前不是跟你说过了吗？"我回答，心里对哥哥有点不悦，他明明问过，却很快把别人的回答忘掉了。

"倒是有听你说过。"

哥哥的言下之意是他听我说过，但没听明白。在我看来，也没必要非让哥哥明白不可。但我还是生气，心想他又摆出这一副做派。

哥哥以为，既然我口口声声以"先生"尊称对方，那么所指的必定是个著名人士，他推测至少也得是位大学教授吧。既籍籍无名，又无所事事的人，哪里具有什么价值呢？在这点上，哥哥和父亲完全想到一块去了。不过父亲武断地认为先生是因为什么都不会才整天无所事事，与此相对，哥哥的口吻流露出他认为先生既然具有某种能力却游手好闲，应该是个百无聊赖的人。

"egoist（利己主义者）可不行哦。想无所事事地活着，是非常任性的想法。做人不尽可能发挥自己的才能可不行啊。"

我真想反问哥哥，他是否真的明白自己所用的"egoist"一词的含义。

"不过那个人能帮你找到好工作的话也行，父亲也会挺开心的，不是吗？"哥哥随后这么说道。

既然先生没有来信明说，我也不能引以为真，也就没勇气肯定。母亲藏不住话，早就跟大家说了这事，如今我更一时无法推翻了。不用母亲催促，对于先生的来信，我翘首以待，而且希望那封信上能如大家所期冀的一样，写着我衣食生计已有着落的消息。在命悬一线的父亲面前，在祈盼着多少给父亲一些安慰的母亲面前，在声称不工作就不配为人的哥哥面前，在妹夫和叔伯婶姨面前，我必须为自己原本毫不在意的事情费神。

当父亲呕出奇怪的黄色异物时，我记起这是从先生和夫人那边听来的危险信号。母亲说："长时间那么躺着，胃难怪会变坏。"我看着她的脸,在一无所知的她面前泫然欲泣。

哥哥和我在茶室碰面时,问我道:"你听到了吗?"意思是问我是否听见医生临走前对他说的话,这我自然清楚,用不着他说明。

"你不想回来帮着料理家里的事情吗?"哥哥回头看着我。我什么也无法回答。

"母亲孤身一人,什么事也做不了吧。"哥哥又说。哥哥似乎把我当成老朽于田间乡野也无甚可惜的存在。

"如果只是读书,在乡下也完全可以。而且也不需要工作,不是刚好吗?"

"按理也该是哥哥先回来才是。"我说。

"那些事我怎么做得来?"哥哥驳斥道。哥哥心里充满了今后要在世上奋发图强的抱负。

"你要是不乐意,我就请伯父帮忙,可是母亲总得有一个人照顾才行。"

"妈愿不愿意从这边挪窝还是个大问题呢。"

我们兄弟俩在父亲还没闭眼的时候,就这样讨论起父亲的身后事了。

16

父亲开始不时地胡言乱语了。

"我对不住乃木大将,实在没脸见人呐,不过我也随后就去了。"

父亲时不时冒出这样的话。母亲听得心里发毛,想尽可能把大家叫到父亲枕边作陪。这对于神志清醒而时常感觉寂寞的病人也是个盼头。尤其当环视屋内却看不见母亲的身影时,父亲必定要问:"阿光呢?"即使不问,他的眼神也说明了一切。我经常起身去叫母亲。"什么事啊?"母亲放下手中的活计来到病房,父亲却只是凝望着母亲的脸,一言不发。可就在我想着"大概也没什么话要说"的时候,父亲又会突然说些没头没脑的话。有时他会温言对母亲说道:"让你费心照顾我太多了。"母亲每次听了这样的话都泪水盈眶。之后又必定要回想起旧日身体健康时的父亲,在脑海里一番比较。

"居然说出这么让人揪心的话,过去可凶得很呢。"

母亲说起以前被父亲用扫帚打后背时的事情,我和哥哥之前已经听过很多遍了,但这次的感觉全然不同,母亲的话听起来像是对父亲的一种怀念。

父亲虽然已经看见了降落在自己眼前的那幽暗的死亡阴影,却还没有说过什么类似遗言的话。

"是不是该趁现在问点什么呢？"哥哥盯着我的脸。

"是啊。"我回答。我想着主动提起这件事情对病人或许不好，两人权衡不下，终于还是决定找到伯父商议。伯父也迟疑了：

"如果有话想说却没说，这样死去固然遗憾，但主动催促他说怕也不好。"

于是事情悬而未决，此间父亲开始经常陷入昏睡。和往常一样不明就里的母亲误以为只是寻常的睡眠，反而喜不自胜，说道："能这样轻松入睡，旁边的人也松快多了。"

父亲也不时会睁开眼睛，突然问某人怎么样了云云。所问的人不外乎是刚才还坐在这里的哪个人。父亲的意识时而混沌时而清晰，那清晰的部分如同一根缝补黑暗的白线，中间隔着若干顿点，似断实连。也难怪母亲会把这种昏睡状态错认为是正常的睡眠了。

后来父亲的唇舌也渐渐不灵光了，常常刚开始说些什么，却没有下文，让人不得要领。然而他一旦开口说话，声音就很大，让人想不到这竟然是个垂危的病人。我们不得不用比平常更高的声调凑近他耳边说话。

"要不要敷下额头，会好受一些吧？"

"唔。"

我让护士换掉父亲的水枕，把一个装有冻好的冰块的冰囊放在他额头上。当被砸得带着尖角的冰块在囊中放稳妥了，我就把冰囊放在父亲光秃秃的额头上轻抚着。这时哥哥从走廊进来，一声不吭地递给我一封信。我伸出空着的左手接过信，立马觉得有点异样。

和一般的信比起来，这封信重了很多，另外，它也不是装在普通的信封里，普通的信封承受不了这样的分量。信用半纸包着，封口用糨糊仔细地封好。从哥哥手中接过信时，我马上留意到这是封挂号信。翻到背面一看，上面工工整整地写着先生的名字。腾不出手的我无法马上把信拆封，于是暂时把它揣进怀里。

17

那天父亲的情况看起来特别糟，我起身去如厕时，在走廊碰见哥哥。"去哪里？"他用哨兵一样的口气盘问我。

"情况好像有点异样，还是得尽量守在他身边才行。"哥哥提醒我。

我也是这么想的。于是揣着那封信又回到了病房。父亲睁开眼睛，问母亲周围的人都是谁。母亲逐个告诉他那是谁，这又是谁，父亲边听边点头。当他没点头的时候，母亲就提高嗓门，重复说这是某某，认出来了吗？

"让各位多操心了。"

父亲这么说着，旋即又陷入了昏睡状态。围在他枕边的人，一言不发地注视着这个病人。少顷，其中一个人起身去了隔壁房间，接着又有一个人站起来。我作为第三个终于也离开座位的人，回到了自己的房间。我想看看刚才揣进怀里的那封信。本来在病人枕边也是能看的，但信里写的内容太多，一时没法在那里看完，我就特意找了这个特别的时间读信。

我撕开纤维强韧的包装纸，里面露出一沓写着端端正正的字体的方格纸，看起来像是原稿，为了包装方便还折了四折。我把带着褶皱的西洋纸反折过来压平，这样读起来方便。

我心下惊讶，这么多的稿纸和笔墨将对我诉说什么呢？同时我也挂念着病房里的父亲。我开始读这些文字，并且预感到在我读完之前，父亲病情一定会再有变化，至少哥哥或母亲，再或者伯父一定会把我叫去。我无法静下心来读先生的文字，只是惴惴不安地读了第一页。那一页的内容读来如下：

"你曾经问过我的过去，当时我没有勇气回答。我相信现在有对你说明清楚的自由了。但是那种自由不过是在等待你回到东京期间就会失去的世俗自由。所以，如果在可以利用的时候不加以利用，我将永远失去将自己的过去作为间接经验传达给你的机会。那么，当时我对你郑重许下的承诺也将成为谎言。所以我不得已之下，只能将本应直接对你说的话，用笔写下来告诉你。"

读到这里，我终于知道先生的这封信为何要写得这么长。打一开始我就相信先生是没有闲情为了我的衣食生计写信的，但是不喜欢提笔书写的先生，为什么能就那件事写这么长的信给我？为什么不等到我回到东京之后再说呢？

"有了自由我自然会说，但那种自由又必将永远失去。"

我在心里这样重复着，对这句话的意思冥思苦想。突然，一阵不安向我袭来，我想接着往下读信。这时，从病房传来哥哥大声叫我的声音，我大吃一惊，赶紧站起身来，小跑着穿过走廊去往大家所在的地方。我意识到父亲最后的时刻即将到来。

18

不知什么时候，医生来到了病房，为了尽量让病人好受些，他正再次尝试灌肠。护士在别的房间休息，以缓解昨夜看护的疲劳。还没习惯于照料的哥哥手忙脚乱。一看到我，哥哥就说："过来帮我一下。"然后兀自坐了下来。我替哥哥把油纸垫在父亲的屁股下面。

父亲的状态舒缓了下来，在他枕边坐了半个钟头的医生确认了灌肠的结果之后，说自己还会再来，然后回去了。临走时特意交代，如果有什么突发状况，随时和他联系。

我退出了情况似乎有点异样的父亲的病房，打算再看看先生的信。但心情完全无法放松下来，刚坐到书桌前，就似乎又听到哥哥在大声叫我。而如果哥哥再叫我，怕是父亲到了临终关头了，这种恐惧让我不由得手都发颤起来。我机械地一页页翻着先生的信，我的眼睛看着工工整整地被嵌在方格纸中的那些笔画，却一点也没心思读进去，甚至跳着读也读不进去。我一页页地翻到最后，然后正想折回来放在桌上时，结尾有一句话突然映入了我的眼帘。

"这封信落到你手上时,我恐怕已经离开人世了吧,我可能早就已经死了吧。"

我心下一凛,一直躁动不安的心仿佛一下子凝滞不动了。我又倒着翻阅起这封信来,一页一句地倒着往回读。我恨不得在电光石火间,就用眼睛穿透这些晃动的文字,洞悉所有我想知道的事情。但此刻我最想知道的,只有先生的安危。至于先生的过去,那先生曾经许诺告诉我的幽暗的过去,在我看来已经完全没有意义了。我继续倒着翻阅信件,但我想要获悉的信息总不能轻易为我所得,我焦躁地将这封长信折起来。

我再次来到病房门口探视父亲,病人身边出奇地安静。母亲满脸倦容地坐在那里,显得无依无靠。我向她挥挥手问道:"情况怎么样?"母亲答说:"现在好像多少平稳下来了。"我把脸凑到父亲面前,问他:"怎么样,灌肠后好点了吗?"父亲点了点头,很清楚地说了声谢谢,他的神志意外地还没有模糊。

我又退出病房,回到了自己的房间,对照手表查看着火车时刻表。我突然站起来扎紧了裤腰带,把先生的信投进我的袖兜里,然后从后门来到了户外,拼尽全力往医生家疾奔而去。我想向医生确认,父亲能否再挺两三天,打针也好,其他什么法子也好,我想请求医生务必帮忙。医生碰巧不在家,可我没工夫等到他回来,我不禁焦躁起来,马上叫了一辆人力车朝火车站方向赶去。

我拿出一张纸片顶在火车站的墙上,用铅笔给母亲和哥哥写了一封信。信写得很简单,但我想这总比连招呼也不打一个就跑掉强吧。我委托车夫赶紧把这封信送到我家去，然后毫不犹豫地跳上了开往东京的火车。在轰隆隆作响的三等车厢里，我重新从袖兜里掏出先生的来信，终于得以从头到尾读了一遍。

下　先生与遗书

1

这个夏天我收到你的两三封来信了。我记得在第二封信上,你托我在东京帮你找一个合适的职位。读过那封信后,我思忖着要尽量帮你想想办法,至少要给你回一封信,否则太说不过去了。但坦白说,我没有为你的事情做过任何努力。如你所知,我的交际圈子很窄,或者说我是在世间独自过活更加恰当。因此对于你的事,我完全没有努力的余地。不过这还不是问题所在,说实话,当时我正在为自己的事情焦躁不已,不知道如何自处才好。我是要像被世人抛弃的木乃伊那样存在着呢,还是……那时候,每当我在心底重复"还是"一词时,都会为之一凛,好比独自一人跑到悬崖边缘,突然俯视着深不见底的绝谷。我很懦弱,并且和很多懦弱的人一样陷于苦闷。虽然这样说很不应该,但我还是要实事求是地告诉你,当时的我几乎没把你的事放在心上。进一步说,你的地位、生计对我完全没有意义,事情怎样发展都无所谓,我完全不会为这些事上心的。我把你的信往信袋里一插,照旧抱着胳膊沉思。一个拥有相当家产的人,何必刚毕业就叨叨着与职位相关的事,焦虑得团团转呢?我仅仅是怀着极其苦闷的心情，向远方的你投去一瞥而已。现在我之所以直言相告，也是因为不得不给你一个交代，为我的行为向你辩解，并非故意出言不逊以激怒你。我相信随着你继续往下读信，自会理解我的本意。但不管怎样，我毕竟没有回复你任何音讯，因此还是想请你宽恕我的怠慢。

之后我给你发了电报。说实话，那时我还真的有点想见你，想按照你所希望的，把我的过去告诉你。收到你的电报，你说无法马上到东京，我失望地看了那封电报许久。不过，看来你并不放心只发一封电报，随后又寄来了一封长信，我才明白你不能来东京的原委。我绝对不会认为你是个失礼的后生，你怎么可能不顾敬爱的父亲的病情，无所牵挂地离家呢？我这种忘记你父亲生死的态度才是不妥当的。我在发电报时，实际上也忘了你父亲的病，尽管你在东京时，我曾再三提醒你那种病很棘手，务必好生注意。我就是这样一个自相矛盾的人。或许较之于我的思绪，更是我的过去压迫着我，使我变成一个如此自相矛盾之人。在这一点上，我完全承认我的本性，并为此请求你的原谅。

读到你的信——你的最后一封信时，我意识到自己做了一件错事。于是我提笔，想给你回信，表明我的心迹，但到底一行也没写成。既然要写，就想写成这封信的样子。而当时写这样的信为时尚早，也就不了了之了。我之所以又简单回了电报让你不用来东京，原因就在于此。

2

之后我就开始写这封信。对于平生不爱动笔的我而言，想把自己的所思所想以及一些事实如愿地付诸笔端是很难的，因此这于我是很大的痛苦，以至于我几乎差点放弃这项对你的义务。我几次意欲作罢，束手搁笔，但终于还是没有放弃。不出一个钟头，我又想写点什么了。也许在你看来，这是我注重履行义务的性格使然，这点我并不否认。如你所知，我几乎是隔绝于世人的孤独者，环顾四周，几乎找不到可以落脚扎根的地方。有意也好，自然而然也罢，我过的是尽可能独善己身的生活。但我并非因为对义务冷淡才变成这样的，不如说，我是由于过度敏感，缺乏忍受刺激的能力，才如此消极地打发时光。所以，一旦允诺别人，如果不去履行，我就会非常厌恶自己。即使出于回避这种自我厌恶的心境的目的，我也必须重新拿起搁下的笔。

况且我本身也想写，想写下我的过去，这与义务无关。可以说我的经历仅仅是我的个人体验，只为我所拥有。如果到死都不把它告诉别人，未免有些可惜吧，我多少有这样的想法。只是我想，与其把我的经历、体验告诉不能接受这些事的人，还不如将它和我的生命一道埋葬。实际上，假如没有你的存在，我的过去势必仅仅以我的过去而告终，无法成为他人的知识，哪怕是以间接的方式。在几千万日本人之中，我只想对你一人讲述我的过去。因为你是认真的人，因为你看似认真地从人生本身汲取生活的教训。

我将毫不顾忌地把人世间的荫翳朝你头上抛去，但你不能害怕，而要凝视那阴暗之物，从中攫取对你有参考意义的东西。我所谓的阴暗，当然是指伦理上的阴暗。我是在注重伦理的环境中出生，又在同样的环境中长大的，或许我对伦理的思考迥异于今天的年轻人，但再如何谬误，这也是我自己的产物，不是暂且借来穿着的褴褛衣物。所以我想，这对于即将铺展未来蓝图的你，或许会有几分参考价值吧。

你还记得吧，你经常跟我探讨现代的思想问题，或许你也明白我对这个问题的态度吧，虽然我不至于蔑视你的意见，但也绝对谈不上尊重。因为你的思想没有任何的背景，加之你过于年轻，尚不具有自己的过去。我不时发笑，而你经常露出求知若渴的神情，以至于最后我不得不把我的过去像画卷一样展现在你面前。这时我的心中才对你生出敬意。因为你让我看到了一种决心，你要无所顾虑地从我腹中攫取某种活的东西，要割开我的心脏，啜吸温热的、流动的血液。那时我还活着，不愿意死去，于是拒绝了你的要求，并允诺改天再告诉你。而我现在就想撕开自己的心脏，把鲜血溅到你的脸上。如果我的心脏停止跳动时，你的胸中得以诞生新的生命，我就含笑九泉了。

3

我失去双亲的时候，还不到二十岁。记得我妻子曾对你说过，我的父母是患同样的病症死去的，而且这件事还引起了你的怀疑，她又说他们是相继去世的，由于间隔时间太短，甚至可以说是同时死去的。实际上，我的父亲患的是可怕的伤寒病，而且很快便将病毒传染给了在他身旁看护的母亲。

我是他们唯一的儿子，因为家里有可观的财产，我的成长环境可谓优渥。回首过去，如果我的父母没有早逝，或至少有一方活着，我那种无忧无虑的状态或许可以持续到现在吧。

父母去世后，我被留在世间，茕茕孑立，四顾茫然。我没有知识，没有经验，也缺乏分辨能力。父亲死时，母亲没能陪在他身边；母亲死时，我也没能告诉她父亲已经去世的消息。不知道母亲是否已经觉察到，或者如旁人所说，她还相信父亲正在康复。母亲将大小事情都托付给了叔叔，她指着我说："无论如何，请关照这个孩子。"在那之前，我已经得到了父母的许可，准备去东京求学。母亲好像顺便提起一般，加了一句"去东京"。叔叔马上接过话，回答道："没问题，不必挂念。"母亲也许挺有抗压的能力吧，叔叔曾对我赞扬过母亲："她挺坚韧的。"但母亲的那些话是否就是她的遗言，现在想来，也不得而知。母亲当然知道父亲罹患之病的可怕，而且也知道自己已经被传染了。但是她是否相信自己一定会被这一疾病夺走性命，我想还是存疑的。况且母亲发高烧时说出的话，再怎样条理通达，也时常于事后被她彻底忘记，所以……但那都不是问题所在。只是从那时候起，我就形成了像这样把事物分解来看，或绕着弯子看待事物的毛病。我想这也是我从一开始就应该告诉你的，作为实例，这种和目前问题没多大关联的叙述，反而对你还可能有些益处。也请你就以这种心态继续往下读吧。我想，我的这种性子在伦理上也许会影响一个人的行为举止，也可能因此使得自己后来愈发地怀疑起别人的道德观。这无疑很大程度上导致我的烦闷和苦恼，请你务必记住这一点。

话一偏题，就不大容易理解了，我还是言归正传吧。我想，我之所以还能够写下这封长信，是因为比起和我处于同样境地的人，我还是比较从容的。世界已经进入梦乡，本可听到的电车声响也已经消失了。从窗外隐隐传来的虫鸣惹人惆怅，叫人不由得想起挂露的凉秋。一无所知的妻子在隔壁甜甜地、无所挂碍地熟睡着。我提起笔，一笔一画唰唰地从笔尖流出，我内心无比平静。由于久未执笔，也许有的笔画会超出格子，但我觉得笔画的凌乱并非头脑混乱所致。

4

总之，形单影只的我只好按照母亲的吩咐，仰仗于这个叔叔。叔叔也负起了全部责任，对我关怀备至，并依照我所希望的，安排我去了东京。

我到东京上了高中，那时候的高中生比今天蛮横、粗野得多。我认识的一个人某天夜里和工人吵架，用木屐砸伤了对方的脑袋。因为是酒后肇事，在两人厮打得难解难分时，他的校帽被对方扯了去，而校帽里的一块菱形的白布上，分明标记着他的名字。于是事情变得麻烦起来，险些连警察都要到学校来。好在朋友费尽周折斡旋，总算没有张扬开去，最后不了了之了。像这样的野蛮行为，在如你们一样于如今的文明风气中长大的人听来，想必是愚蠢可笑的。实际上我也这么觉得。但话说回来，他们也具有如今学生所不具备的质朴的品质。当时，我每月从叔叔手中得到的钱，远比你从你父亲那里拿到的要少（当然物价也不同）。饶是如此，我一点也没觉得不满足。至少在几个同年级学生里，就经济方面而言，我绝不至于处于羡慕他人的可怜境地。现在回想起来，恐怕我当时还是招人羡慕的那种人吧。因为除了每月的固定汇款，我还经常向叔叔索要书本费（当时我很喜欢买书）以及临时的花销，可以随心所欲地消费。

懵懂无知的我，不仅相信叔叔，还常怀着感恩之心，对叔叔尊敬有加，将之视若贵人。叔叔是一个实业家，还是县议会的议员。或许出于这个缘故吧，我记得他和政党也有交游。虽然他是父亲的胞弟，但在这点上，他的志向看上去与父亲完全不同。父亲是个老实巴交的人，本分地守着祖传的家业，有时也在茶道或插花上用心，聊以自娱，另外，他也喜欢读读诗集之类。对于书画、古董等物什，他好像也有着浓厚的兴趣。虽然房子地处乡下，但常常有古董商专程从叔叔所住的二里开外的市区拿来挂轴、香炉等物什给父亲过目。总而言之，我父亲也许算是一个 man of means①，一个有着较为高雅的品位的乡绅。所以从气质品性来说，父亲和阔达的叔叔大相径庭。但奇怪的是，两人又交情甚笃。父亲时常说叔叔远比自己能干，是个可靠之人，并说像自己这种继承了双亲财产的人，因为没必要再与世人相争，就算原本有才干，也会慢慢钝滞，这是不可取的。他的这些话，母亲听过，我也听过。在我看来，父亲或许是在抒发自己的一番心得。"你可要好好记着。"父亲当时特意看着我的脸说道，所以我至今没有忘怀。对于如此受父亲信任和赞赏的叔叔，我怎么能够有所怀疑呢？对于我而言，有叔叔这样的亲人，是我引以为豪的事情。父母去世后，我的一切都需要别人照料，叔叔不仅是我引以为豪的存在，更成了我不能割舍的亲人。

5

放暑假我第一次回到老家时，父母都已过世，叔叔和婶婶作为新主人，已经在我家宅子住下了。这是我去东京之前就约定好的。既然家里只剩下我一人，我又不住家里，除此之外，也没有

---

① 英语，有财产的人，有产者。

其他办法了。

　　当时叔叔好像和市里的很多公司都有业务往来。从业务角度来说，比起搬到二里开外的我家，还是住在自己原来的家里方便得多，他笑着说道。这是在父母去世后，我和叔叔商量在我去东京之前怎么处理这座宅子时，叔叔不经意间说的话。我家宅子颇有些年头了，在那一带还是有些知名度的。我想你的老家也大抵如此吧，在乡下，若是有来头的宅子明明有继承人，却被毁掉或卖掉的话，那可是大事情。我现在固然觉得无所谓，但当时我还小，正准备去东京，宅子又不能闲置不管，怎么处置它这种问题，实在令人神伤。

　　无奈之下，叔叔只得答应住到我家来。只是他说市里的那套房子也得原样留着，这样方便他两边跑。我当然不可能有什么异议，我当时一心想去东京，叔叔开什么条件我都无所谓。

　　即便离开了家乡，孩子气的我还是打心眼里很怀念故乡的老宅。出于一种游子的情怀，我总觉得那里还有我的归宿。无论我多么迷恋东京并为之背井离乡，一到节假日，回乡的冲动还是很强烈。我用心学习，畅快游玩之余，也时常梦见那一放假就期待着回去的故乡。

　　我离家期间，叔叔是如何两边跑的，我对此一无所知。我回到老家时，家里人全部聚在一起。上学的孩子想必平时也住在市里吧，但由于放假了，便权当来游玩一趟，被带到了这里。

　　大家见到我都很高兴，我看见家里反倒比父母尚在时还要热闹，心里也很开心。叔叔把住在我原先房间的、晚辈中排行最大的那个男孩遣走，让我重新住进去。我推辞说反正客房也不少，我住其他房间也不碍事。但叔叔不答应，说这里本来就是我的家。

除了偶尔想起故去的父母，我同叔叔一家相安无事地度过了一个夏天，没有任何不快。之后我又回到了东京。那个夏天在我心里唯一稍微留下阴影的事，就是叔叔和婶婶口径一致地劝我结婚，其时我才刚刚上高中。他们前后大概劝了我三四回吧。刚开始我只是觉得太突然了，感到很惊讶。第二次我就明确地拒绝了，到了第三次，我终于忍不住反问他们劝我结婚的理由是什么。他们的想法很简单，就是想让我早点娶媳妇，回到家里继承先父的家业。我原以为只要我放假回家就行，不料他们说继承家业后就得娶妻成家。这两者听起来都很有道理，乡下的习俗我尤其清楚，因此很能理解，也没有多大的抵触情绪。但我才刚刚到东京求学，那些事情对于我来说太过遥远，就像望远镜里的成像一般。我没有允诺叔叔对我的希望，再次离开了老家。

6

随后我就忘记了那次提起婚事的插曲。我观察身边的年轻人，没有人脸上带着为家庭所累的疲惫，看上去都自由自在，一人吃饱，全家不饿。其实，若深入了解，在看上去如此轻松快乐的人群中，也可能有人迫于家庭压力，已经娶妻，但天真的我没有意识到这一点。若真有人处于此种特殊境况，恐怕也因顾虑周围的人，尽量不提与学业关系不大的私事吧。后来想想，我自己其实也是这类人，不过我没有意识到，还像个孩子一样，只管在求学路上快乐地前行。

一学年结束后，我又绑好行李箱，回到父母坟茔所在的乡下。和去年一样，我又在父母生活过的老宅中见到了叔叔、婶婶和他们的子女，大家都没有变。在那里，我嗅到了故乡的气息，那种气息依然那么亲切，它抚慰了我因一学年单调的学习生活而产生的麻木感，对我来说，这当然是难能可贵的。

可是就在这养育我长大的气息中，叔叔突然再一次把结婚的事捅到我面前。他无非是老调重弹，重复着去年那套劝诱的说辞。只是他以前劝诱我时，还没有任何目标，这次却提出了明确的对象，这更让我感到困扰。这个结婚对象就是叔叔的女儿，即我的堂妹。叔叔说，要是我娶了堂妹，对双方都是好事，我父亲在世时也这么说过。我也觉得这样对两家都好，而且父亲确实可能说过这样的话。但这是叔叔提起后我才意识到的，之前我从未往这方面想过，所以我有些惊讶。虽然惊讶，但叔叔的希望并非不近情理，我也能够理解他的用意。可能是我迂腐吧，事情可能真是这样，不过我拒绝这门婚事的主要原因大概是我对那位堂妹毫无感觉。

我从小就经常去叔叔家玩，不光去玩，还经常住在那里。从那时起，我就跟这个堂妹非常熟悉了。你也知道吧，兄妹之间是不会产生爱情的。也可能是我在利用这个公认的事实敷衍你，不过，我的确觉得在朝夕相处、过分亲密的男女之间，是不存在新鲜感的，当然也不可能激发出恋情了。正如嗅得到香味，只在焚香的那一瞬间；品得出酒味，只会在酒刚入喉的那一刹那。同样，恋爱的冲动也产生于电光石火之间。一旦漫不经心地跨过那个瞬间，即使相互接触越多，关系越来越亲密，恋爱的神经也会渐渐变得麻痹。不管怎么样，我都无法接受让堂妹成为妻子这件事。

叔叔说，如果我一意坚持，可以把婚事推迟到我毕业之后再操办。不过他又说，俗话说好事不宜迟，如果有可能，至少现在就把喜酒办了。因为我对堂妹并没有结婚方面的想法，因此对我来说，怎么做都一样，于是我还是拒绝了。叔叔的脸沉了下来，堂妹哭了。她倒不是因为无法成为我的妻子而伤心，而是作为女人，婚事被他人拒绝是一件挺难堪的事情。就像我没爱过堂妹一样，堂妹也从来没爱过我，这一点我十分清楚。我再次动身去了东京。

7

我第三次回老家，是又过了一年的初夏时节。每次我都苦等不已，学年考试一结束，我就逃离东京，我就是如此思念故乡。你可能也有这种感受吧，自己出生的地方，空气的颜色都与众不同，泥土的气味也是特殊的，浓浓地荡漾着关于父母的回忆。对我而言，一年当中，把七月、八月交代在这里，像入洞的蛇一样静止不动，比什么都来得温馨快活。

在和堂妹的婚事问题上，单纯的我觉得没有必要那么伤脑筋。如果排斥就拒绝，拒绝了也就一了百了了，我相信是这样的。所以尽管我没有如叔叔所希望的那样改变主意，对此也不以为意。过去的一年里，我从未对这件事情有所介怀，照样气定神闲地回到故乡。

不料回来一看，叔叔的态度陡然一变，不再像以前那样，和颜悦色地上前要拥抱我。但一帆风顺长大的我，回来后的四五天内都没觉察出哪里不对。是一个偶然的机会让我突然意会到的。结果发现有点异样的不只是叔叔，婶婶和堂妹也变得很奇怪。就连给我写信打听情况，打算中学毕业后去东京的高等商业学校就读的叔叔的儿子，也让我捉摸不透。

出于自身的性格，我不能不开始思考。为什么我的感觉变了呢？不，为什么他们变成这样了呢？我怀疑是不是已经过世的父母擦亮了我的双眼，使我突然看清了这个世界。我发自内心地相信，父母离世之后依然会像在世的时候那般爱着我。当然，即使在那时候，我也绝不是懵懂无知的人，但是从祖先那里遗传而来的迷信的想法，被一种强大的力量输送到我的血液之中，恐怕现在都还存在着。

我独自一人上了山，跪在父母的墓前，那时的心绪，一半是哀悼，一半是感激。父母虽然已安卧于眼前冰冷的石块之下，但我感觉自己未来的幸福仿佛仍为他们所掌握，我祈求双亲保佑我的命运。你可能会笑我，即便你笑我，我也不置可否，我就是这样一个人。

我的世界发生了翻天覆地的变化。当然，对于我来说，这种体验并不是第一次。大概十六七岁的时候吧，我第一次发现世上还存在着那么美好的事物，当时不由得为之一震。不知道有多少次了，我总是怀疑自己的眼睛，又一次次把眼睛擦亮。"啊，真美啊。"我在心里这么叫道。十六七岁的年龄，男子也好，女子也罢，正是混沌初开的时候。混沌初开的我第一次发现了女子正是世间之美的代表。之前我从来没有对异性生发出这样的感觉，我盲目的双眼豁然开朗。从那以后，我的天地焕然一新了。

我注意到叔叔的态度时，和这完全是同一种感觉吧。都是邃然地心领神会，没有任何预感和准备。在我眼里，叔叔和他的家人突然都变成了陌生人。我在错愕之余，也为自己该何去何从感到迷茫。

8

我开始觉得，如果不向叔叔确认清楚之前拜托他处理的家中遗产的事，就对不起故去的父母。叔叔自称很忙，每天晚上下榻的地方都不一样。二号回家，三号又去市里，就这样在两头来来去去，每天都行色匆匆。此外，"很忙"也俨然变成了他的口头禅。当我还没起疑心的时候，我也觉得他确实很忙，后来又悻悻地想，是不是非得表现得很忙才符合当代潮流啊。但当我需要找时间和他谈谈财产的事时，见到他那副忙碌的样子，我只能认为那不过是为了逃避我而找的借口。要逮到同叔叔谈话的机会并不容易。

我听说叔叔在市里纳了个小老婆，这个小道消息是从我的一个初中同学那里得知的。纳小老婆这事搁在叔叔身上倒是不足为奇，但我还是倍感惊愕，因为父亲还在世时，从来没听他提起过。此外，那个同学还跟我透露了叔叔的好多坊间传闻。其中一项是说，叔叔的事业曾经一度濒于失败，而这两三年突然又东山再起了。这个传闻很大程度上加深了我的疑惑。

我终于和叔叔进行了谈判。说是谈判或许有些不妥当，但事情自然而然地发展到这个阶段，也只能用这个词来形容了。叔叔打算一直把我当小孩看待，而我又从一开始就以猜疑的目光审视着他，所以这件事不可能很顺利地得到解决。

很遗憾，我现在急于往下讲述，无法详细描述那次谈判的始末了。说实话，还有比这更重要的事情在等着我。我好不容易才使自己平静下来，否则我的笔锋早就想跑到那里去了。我已永久地失去同你见面安静聊天的机会，我不习惯执笔，也因为想珍惜宝贵的时间，不得不略去一些想写的事。

你大概还记得吧，有次我对你说，世界上没有人生下来就是坏人，还跟你说过，好人在情急之下往往会突然变成坏人，因此不可掉以轻心。当时你还提醒我情绪过于激动了，并问我什么情况下好人会变成坏人。我当时回答说是在为了金钱的时候，你露出不满的表情，我至今记忆犹新。现在我告诉你，我当时这么说，是因为想起了我的叔叔。我带着憎恶的心情想起了这个叔叔，我把他视为普通人因见钱眼开而突然变坏的例子，也将之视为这世上不存在值得信赖之人的例证。我的回答，可能对于想往思想方面有所求索的你而言不够充分，甚至有些陈腐，但这是我真实的回答。我现在不是也很激动吗？我相信，与其用理性的头脑讲述新的事物，还不如用炙热的唇舌阐述平凡的道理来得更生动。血液的力量能带动身体兴奋起来，而语言不仅仅在空气中传播，还能够强烈地影响那些强有力的事物。

9

用一句话概括，就是叔叔在我的财产上做了手脚，这件事是在我去东京的那三年里被他轻而易举地完成的。把一切委托给叔叔并不以为意的我，按世俗的话来说，就是个真正的傻瓜。而若以超越普通人的眼光来看，或许也可以被视为令人敬佩的纯爷们吧。回顾当时的自己，实在是很不甘心，为什么自己不是天生丑恶的呢？为什么这么迂腐呢？但一有风吹草动，我又想立刻回到自己出生时那种状态。请记住，你所知道的我是已被红尘玷污的我，如果将染垢多年的人称为前辈的话，那么我的确是你名副其实的前辈吧。

如果我按照叔叔的期望，和他女儿结婚的话，其结果在物质上想必对我有利吧，这是不用想也知道的事情。叔叔将他女儿推给我是一种策略，与其说是为了两家的交情便宜行事，不如说是为他卑劣的功利心所驱使，才向我提起这桩婚事。我虽然不爱堂妹，但也并不讨厌她。不过后来想想，还是拒绝这门婚事令我舒坦些。我和堂妹虽然都被蒙蔽，算是同病相怜，但我作为被迫的一方，没有接受堂妹，等于没按对方的意愿行事，这一行为还是有些任性的。不过这只是一些琐碎的事，根本算不上什么问题。如果让作为局外人的你来看这件事，恐怕会认为身在其中的人愚不可及吧。

后来，其他亲戚也介入我和叔叔之间。对这些亲戚我完全不予信任，不但不予信任，还报以仇视。在发觉叔叔欺骗我的同时，我也认定了别人肯定也会欺骗我。我的理论是，连父亲百般赞誉的叔叔都是那种人，其他人就更不用说了。

尽管如此，他们还是帮我把我应得的一切东西都归拢了。以金额来估算，我最终所得比我预期的缩水很多。我要么默默地接受，要么和叔叔对簿公堂，别无他法。我既感到愤然，又陷入迷茫。要是打官司，恐怕旷日持久。我尚在求学，作为学生，被夺去宝贵的时间，也是非常痛苦的。思前想后，最后我求市里一个初中的老友把我领到的东西统统兑换成了现金。老友劝我还是作罢为好，但我不以为然。那时我已经下定决心永远离开故乡，并在心里发誓再也不和叔叔见面。

离开故乡之前，我又去父母的墓前拜祭。从那之后，我就再也没去拜祭过他们了，也许永远不会再有机会拜祭了吧。

老友照着我说的，把那些东西都变卖了。当然，那已经是我回到东京很久以后的事情了。在乡下，要卖田地，一来不是那么容易脱手，想卖就卖得掉的，二来要提防别人趁机压价，所以我实际到手的金额，较之时价要低很多。坦白地说，我的财产也只有离家时身上带的若干公债和后来老友寄来的钱而已。父母留给我的遗产无疑一开始就折损了很多，而且并不是我故意造成的，因此我十分郁闷。不过对于学生，这些钱作为生活用度还是绰绰有余的，说实话，那之后我连利息的一半都没有用完。但这种优渥的学生生活，使我陷入了始料未及的境地。

10

不愁钱财的我打算搬出嘈杂的宿舍，在外面单独租一间房子来住。但我懒得去买家具，另外还得再请一个照顾我生活的老婆婆，这老婆婆要是不可靠，也很让人头疼，得找个在我外出时也能放心的才行。这些鸡毛蒜皮的琐事还真是折腾人。一天，我心血来潮想去找房子，从本乡台往西下，沿着小石川的坡道径直往传通院走去，权当散步了。通了电车之后，那一带已经面目全非了。但当时左边是炮兵工厂的土围墙，右边是一片生满杂草的空地，既不是平原，也不是山丘。我站在那片草丛里，漫不经心地朝对面的山崖望去。现在那一带的风景也不算差，那时西侧的风光更是别有意趣。放眼望去，到处郁郁葱葱，令人心旷神怡。我突然想到，这附近会不会有合适的房子呢？于是我径直穿过草地，顺着一条小路往北走去。那时的街道还不成样子，吱呀作响的房屋互相紧挨着，显得脏乱不堪。我穿过小巷，拐过街角，兜兜转转。最后，我向一家粗点心铺的老板娘打听这一带有没有小巧宜居的出租房。"这个嘛……"她沉吟了一会儿，"出租房怕是……"她看起来完全没有头绪。我心想指望她是无望了，正打算放弃并往回走的时候，老板娘问道："在普通人家借宿可以吗？"我心念一动，心想独自住在安静的普通人家，能省去操持家务的麻烦，倒也正中下怀。于是我在这家粗点心铺里坐了下来，向老板娘详细询问。

老板娘说，那是一位军人家属，或者不如说是军人遗孀的家。她先生在日清战争[①]中或什么时期死去，大概一年前，她还住在市谷的军官学校附近，房子还带有马厩，因为那房子太大，索性变卖了，搬到这里。家里人太少，分外冷清，于是她委托老板娘帮忙找个合适的人住进来。我从老板娘口中得知，那家除了那位遗孀和她的独生女，以及一个女佣，再没有其他人了。我心想，这样的安静之地真是再好不过。问题是，那样的人家，突然闯进我这样一个书生，她们对我的禀性也一无所知，会不会马上拒绝呢？我本来想还是算了吧，但转念一想，自己是一个学生，衣着也并不寒碜，况且还戴着学校的校帽。你或许会笑话我，戴着校帽有什么了不起。但那时候的大学生和现在不同，大部分大

[①] 即甲午中日战争。

学生在社会上还是很受信赖的。那种情况下，我还真从这顶四方帽子上找到了一种自信，然后按照粗点心铺老板娘的指引，也没事先经过引荐，就到那位军人遗孀家里拜访了。

　　我见到了遗孀并向她说明了来意，遗孀问了我很多关于我的身份、学校、专业等问题，随后像是有了什么把握一样，当场答应我的请求，说什么时候搬来都可以。遗孀是个正派的人，做事清楚果断。我很佩服她，觉得军人的妻子可能都是这样的吧。佩服之余，我也有些错愕，甚至有些恍惚：这样品性的人怎么会感到寂寞呢？

11

　　我很快搬到遗孀家里，租的是第一次来时和遗孀聊天的那个房间，那是这个家里最好的房间了。因为那时候本乡一带已零星建有高等宿舍楼模样的房子，作为学生，我心里大概知道自己可能得到的房间是什么样子，而入住以后，这个房间比我想象的还要好得多。刚搬进来时，我还觉得这对于身为学生的我来说太奢侈了。

　　房间有八张榻榻米大小，壁龛旁边有错落的搁架，走廊对面的那侧有一间壁橱。虽然一扇窗户都没有，但从朝南的走廊那边，常有明亮的阳光照进来。

　　搬来的那天，我看到了壁龛里的插花，插花旁边靠着一把琴。花和琴都不合我心意，因为我是在喜欢诗书、嗜好煎茶的父亲身边长大的，打小就喜欢带有中国韵味的东西，不知不觉中就沾染了鄙视艳丽装饰的习气。

父亲在世时收集的古董，被那个叔叔糟蹋得七零八落，但多少还剩下一点。离开老家时，我把它们寄放在中学同学那里，请他代为保管，只从中挑出四五幅看起来挺有意思的书画挂轴，去了包装，压在行李箱底带来。一搬进来，我就打算取出并挂进壁龛，方便欣赏，但现在看见了琴和插花，顿时失去了勇气。后来听说，这些花是为了迎接我而专门插在这里的，我不由得在心里苦笑。那把琴一直放在那里，可能也没有别的地方安放，所以不得不杵在那里吧。

说到这里，你的脑子里可能会自然地掠过年轻女子的身影吧。在搬来之前，我就已经按捺不住自己的好奇心了。或许我的这种不正之念在一开始就损害了我的天性，也或许由于我还比较怕生，总之，第一次见到那位小姐的时候，我磕磕巴巴地打了声招呼，小姐则面红耳赤。

在这之前，我根据那遗孀的风采和气度，想象着有关小姐的一切。但所有的想象都对小姐不大有利。军人之妻是那个样子，那么军人之妻生出的女儿就会是那样的吧，我的推想就是按这种逻辑步步展开的。但是这些推想，在我见到小姐的瞬间就全部退去了。从未想象过的一种来自异性的清新气息涌入了我的脑海。从此，壁龛里的插花再也不令人生厌了，插花旁放着的琴也不再碍眼了。

那花每到快凋谢的时候就会被换成新的，颇有规律。琴也常常被搬到拐角的房间里去。我在自己的房间里，手托着下巴坐在桌旁，听着那琴弹奏的声响。琴弹得好或不好我并不是很懂，但弹的手法好像并不复杂，从这点看来，弹琴者的琴技想来并不高明，也许和插花的水平差不多吧。插花我还是懂的，知道小姐的水平绝不属于行家。

尽管如此，小姐还是毫不避嫌地用各种花材装点着我房间的壁龛。当然，她插花的手法总没有翻新，那花瓶也一直没有换过。相较之下，她的音乐就更糟糕了，只是一个劲嗞嗞啦啦地拨弄琴弦，我什么旋律都没有听出来。她也不是不唱歌，但那声音小得跟耳语一般。而且一被驳斥，就一点声音都没有了。

我愉悦地看着这乱糟糟的插花，一边听着那颇为刺耳的琴声。

12

离开故乡时，我已经变得离群厌世了。那时，不可信赖其他人的观念已经深深地沁入我的骨髓。我把自己仇视的叔叔、婶婶和其他亲戚，都看作人类代表一般的存在，甚至乘坐火车时，都开始无意识地审视身边人的举动。偶尔有人向我搭讪，我会更加戒备。我的心情很沉郁，有时像吞了铅一样沉重不已，所以我的神经才变得像我刚才说的这样敏感而尖锐。

到了东京后，我之所以会生出离开宿舍的念头，这也是一个重要的原因。如果说是因为手头宽裕了才想在外面找一处独立的住所，倒也无可厚非。但按照我以往的做派，就算手头宽裕，也不会像这样自找麻烦的。

搬到小石川之后，我紧绷的神经一时还无法松弛下来。我鬼鬼祟祟，惶然四顾，自己都觉得不齿。不可思议的是，只有我的脑袋和眼睛会乐于此道，嘴巴却正好相反，渐渐变得不爱说话了。我经常默默坐在桌子前面，像只猫一样仔细观察房子里的情况。我不敢对他们卸下防备，神经紧绷到有时自己都觉得对不住他们。我觉得自己简直像一个不偷东西的贼，而想到这里，我甚至开始厌恶自己。你一定觉得奇怪吧，这样的我怎么会有闲情喜欢上人家小姐呢？怎么会有兴致愉悦地欣赏小姐那拙劣的插花呢？又怎么会乐盈盈地聆听她同样拙劣的琴声呢？如果你真的这么问我，我只能说，因为这些都是事实，我只能对你如实相告。至于这个理由该作何解释，你脑袋聪明，且都随你去想，我只补充一点：在钱财上面，我的确怀疑人类，但在爱情上，我并不怀疑。所以在别人看来很奇怪的东西，和我自己想来也觉得很矛盾的东西，却可以在我自己心中和谐并存。

我经常称呼那位遗孀为夫人，所以接下来我不再称遗孀，而改说成夫人了。夫人评价我是个安静、成熟的男士，还夸我勤奋好学。至于我不安的眼神、鬼鬼祟祟的样子，她却绝口不提。不知她是浑然不觉，还是出于客气，总之夫人对这方面好像完全不关注。不仅如此，她有时还夸我积极昂扬，口气里颇有些尊敬的意味。这让当时木讷的我一阵脸红，否定了对方的说辞。于是夫人认真地对我说："是因为你自己没有意识到，我才这么说的。"一开始，夫人似乎不打算招我这样的书生进门，而是请附近的人帮她介绍在官府或什么单位做事的人来租住。可能夫人先入为主地觉得，那类人的薪水并不丰厚，只能租住在民房。夫人将自己心中描绘、想象的客人和我加以比较，夸我比那些人潇洒。跟那些省吃俭用过日子的人相比，我在经济上可能比较宽裕。但这不属于性格问题，和我的内心世界也没什么关系。夫人毕竟是女性，力图以此推及我的方方面面，想用同一句话来概括我的全部。

13

夫人的这种态度自然给我的情绪带来了一些影响。没过多久，我的眼神就不再那么四顾不定了，我感觉自己的心终于安放回了它原本的所在。总而言之，夫人和她的家人从一开始就全然没理会我不安的眼神和鬼鬼祟祟的样子，这给了我巨大的幸福感。由于没有受到来自对方回应的刺激，我的神经渐渐地也平静了下来。

夫人是很明事理的人，或许她是特意那样对我，又或许正如她对外说的那样，她真的把我当成一个花钱潇洒的人，又或许我只是在自己脑子里面草木皆兵，并没有显露出来，所以夫人没有看穿。

心情平复下来后,我渐渐同夫人和小姐亲近起来,和她们之中任意一人都可以谈笑风生了。有时候,她们也招呼我说茶都泡好了,叫我过去一起喝。有时晚上我会买一些点心,请她们到我这里坐坐。我觉得自己的交际圈子一下子扩大了,有好几次我因此浪费了宝贵的学习时间。更不可思议的是,我完全不在意这种妨碍。夫人本来就是闲散之人,但小姐在上学之余,还要学插花、弹琴,想来她一定挺忙的,不料看上去却优哉游哉,十分闲适。于是我们三个人只要见面,就聚在一起聊家长里短。

基本上是小姐过来叫我。小姐有时候会从走廊的拐角绕过来,站到我房间门口,有时候则穿过茶室,从隔壁房间的隔扇门边走出来。来到我房间门口后,小姐会稍微停留,然后她必定会叫我的名字,问道:"在学习呢?"一般我会在桌前摊开一本颇为难懂的书籍作凝神阅读状,所以在旁人看来我也许显得非常好学。其实我并没有那么认真地在研读,眼睛虽然盯着书页,心里却期待着小姐的呼唤。要是等不来的话,也没有别的办法,我只能站起身走到那边房间门前,反客为主地问小姐:"在学习呢?"

小姐的房间和茶室相连,有六张榻榻米大小。夫人有时在茶室,有时在小姐的房间里。换句话说,两个房间的间隔形同虚设,有没有都一样。母女两人你来我往,共同使用着两个房间。我从外面打招呼,回应"请进"的一定是夫人,小姐即使在场,也很少应答。

过不多久,小姐开始偶尔因事独自来我房间,并且往往一坐下来就聊很长时间。这时，我心里便很微妙地生出一种不安。我不认为这种不安仅仅来自同年轻女子相对而坐，我好像总是心神不定，受困于一种自我出卖般的奇怪态度。然而对方却气定神闲，完全不觉得害羞，我甚至怀疑她是不是那个弹琴时连声音都含糊不清的女子。有时坐得太久了，夫人从茶室那边喊她，她也只是随口答应一声，不会轻易离开座位。话虽如此，小姐绝对不是孩子，这点我眼中看得分明，甚至小姐的一些举止是在有意让我看出这一点。

14

　　小姐离开之后，我松了一口气，与此同时，心情变得像是意犹未尽，又像是有点愧疚。也许我的性格有点女性化，在正当青年的你看来可能更是如此吧。但那时候的我们大抵都是这副德行。

　　夫人很少外出，即使偶尔出门时，也从来不会留下小姐和我单独在一起，不知道这是巧合还是有意为之。虽然我这么说有点奇怪，但仔细观察夫人的样子，她好像也有点想让自己的女儿和我接近，不过在某些情况下，她还是暗中对我心怀戒备。对这些情况，我始料未及，经常会因此心生不快。

　　我想让夫人明确态度。因为从逻辑上来说，她这样显然是自相矛盾的。但我对叔叔欺骗我的事情记忆犹新，不能不对此抱着更深一层的疑念。我试图推断夫人的态度哪些是真,哪些是假,但很难判断。不仅难以判断,我还不能参透这微妙做法所蕴含的意义。我想通过思考,得出夫人这样做的理由,但不得要领,于是把罪责全部归于"女"字,以此让自己勉强好受一些。女人就是这样的,女人就是愚蠢的,每当我思路堵塞时,就这样胡乱给出结论。

如此小瞧女人的我,却无论如何也不能把小姐看轻了。在她面前,我的逻辑完全没有用武之地,对于小姐,我怀有一种近乎信仰一般的爱意。你或许会惊讶,我竟然把这只适用于宗教的词汇用在年轻女子身上,但我深信真正的爱和对宗教的信仰并没有多大区别,而且至今对此深信不疑。每次看见小姐的面容,我便感觉自己变得美好起来;每当想到小姐,我便觉得自己的气质也变得超乎常人。假如爱这种不可思议的东西存在两个极端,高雅的一端涌动着神圣感,低俗的一端则性欲躁动,那么我的爱意的的确确攫住了高雅的一端。作为人,我原本是凡胎肉体,但我面对小姐时的眼神,想到小姐时的心境,丝毫不带有原始的肉欲。

我一方面对夫人抱有反感,一方面对她女儿的爱慕与日俱增。于是三人的关系与我刚搬进来时相比变得复杂起来。当然,这种变化几乎都是内心层面的,并没有显露出来。不久,一个偶然的机会使我觉得自己以前恐怕误解了夫人,并且觉得夫人对我的矛盾态度不管哪方面可能都并非虚假。并且那两方面并非交替支配着夫人的心,而是一直同时存在于夫人的思想中。也即是说,我觉察出夫人一方面想尽量让小姐接近我,一方面又对我加以警戒。这看起来似乎很矛盾，但在对我加以警戒的同时，她并未忘记或推翻另一种态度，依然想让小姐和我接近。我解释为她是有所顾忌，不想让两人亲密的程度超过自己认为妥当的范围。对于小姐，我从未萌生过关于肉欲的念头，因此认为夫人的担心并没有必要，不过我对夫人的负面印象倒很快消失了。

15

　　我综合分析了夫人的态度，确认自己在这个家庭里已经受到了充分的信任，甚至发现了从第一次见面就得到信任的证据。这对于已经开始对人产生怀疑的我而言，是一种有点奇异的震撼。我想，和男人相比，女人可能正因其性别而更富于直觉吧。而女人之所以被男人欺骗，原因可能也在于此。如此看待夫人的我，对小姐也怀有同样强烈的直觉，如今想来颇为可笑。我虽然在心里发誓不再相信他人，却对小姐怀着绝对的信任，但另一方面，我对信任我的夫人又有点心怀疑虑。

　　我没有怎么谈过老家的事情，对于和叔叔之间产生的风波尤其守口如瓶，这种念头就算一闪而过都会让我不快。在夫人面前，我尽可能只是倾听，但对方不明就里，一有机会就想打听我老家的情况。终于，我把实情都告诉了她，并声明我再也不回老家了，回去也什么都没有了，有的只是父母的坟墓。夫人听了，似乎十分感动，小姐则哭了起来。我想，这样的事由自己说出来总是好事，因此心中颇为畅快。

夫人听我说出这一切后，面对我时的神色为之一变，似乎宣告自己的直觉果然正中鹄的。从那以后，她对待我就像对待一个年轻的亲戚或其他什么人。我并没有生气，毋宁说还有点窃喜。不料，我的疑心很快死灰复燃。

我开始怀疑夫人，是从一些极为琐碎的事情开始的。但随着这些琐事增多，我的疑虑也渐渐扎下了根。一次机缘巧合，我突然怀疑起夫人来，觉得她说不定也怀着我叔叔那样的心机，着力促使小姐接近我。这样一来，原本看起来平易近人的夫人，在我眼里突然变成了一个狡猾的阴谋家，这让我痛苦得咬牙切齿。

最初，夫人对外宣称是因为家中人少，颇为孤单，所以才找房客来家里住，我也不觉得那是谎话。在彼此熟悉起来之后，我们推心置腹地交谈，也并未觉得有什么不妥。但是她家经济情况一般，算不上优渥。如果从利害角度考虑，同我结下特殊的关系，对她们绝对没有坏处。

我又加重了戒心，但对小姐依然怀有前面说过的那种强烈的爱意，再怎么对她母亲怀有戒心，又能如何呢？我暗暗嘲笑自己，也骂过自己是蠢货。但这种程度的矛盾，我再怎么愚蠢，也不至于如何痛苦。我苦恼的是，小姐会不会和她母亲一样是个阴谋家？产生这样的怀疑后，我的苦恼随之而生。一想到她们二人可能在背后谋划着一切，我就忽然坠入不可忍受的痛苦。那并非普通的不愉快，而是一种被逼到绝路般的心境。尽管如此，我还是一厢情愿地对小姐深信不疑。所以我站在信念和迷思的岔道

下 先生与遗书　153

口，全然动弹不得。对我而言，这两种可能性都是想象，同时也都是事实。

16

我照样去学校上课。但是站在讲台上的人所授的课业，听起来好像离我很遥远。看书也是如此，映入我眼帘的铅字还没等沁入心底便烟消云散了，我变得更加沉默了。有两三个朋友误以为我耽于冥想，跟其他朋友如是相告。我并不打算解释，反而庆幸有人借给我这个假面具，正中我下怀。不过我有时还是心气难平，以致突然焦躁地四下撒气，使得他们也错愕不已。

这户人家少有人拜访，亲戚好像也不多。小姐的同学倒是偶尔来玩，但她们都用极小的声音说话，小到我都分辨不清家里是否有客人，聊完之后，她们就都回去了。我并没有意识到那是对我有所顾虑。来这里找我的人中，没有什么粗鄙之人，但也没有谁会顾虑这个房子里的其他人。遇到这种情况，作为房客的我俨然反客为主，而身为东家的小姐反而像是房客了。

但这些只是我想到就信手写下的，实际上我是无所谓的。只有一件事我总感觉不对劲，那就是茶室或小姐房间有时会突然传来男人的说话声。那声音不同于我的访客的声音，音量很低沉，所以我完全不知道他说话的内容。但越是听不清楚，我的神经就越是亢奋。我坐着坐着，莫名地焦躁起来。那到底是亲戚，还是熟人呢？我一开始是这样猜测的，继而又思忖那人是年轻人还是年长者。只是这么坐着胡思乱想，不可能知道真相，话虽如此，我也不能打开隔扇门窥视。我的神经与其说在发颤，不如说被巨大的波浪拍打着，颇为吃痛。客人回去后，我一定不忘过去打听那人的名字。夫人和小姐的回答都非常简单。我虽然一脸迷茫，却没有勇气追问个究竟，况且我也没有过问这些事情的权利。与夫人和小姐相对时，来自所受教育的必须注重自己品格的自尊心和背叛这种自尊心的私欲两相交织，最终浮现于我的脸上。她们笑了，不知道是善意的、不带嘲讽意味的笑，还是伪善的笑，当时我已经不再从容，没办法当场给出合理的解释。事情过后，我又反复自省：我是被愚弄了，我到底还是被愚弄了吧。

我是自由之身，不管是中途退学，还是去哪里生活，又或者和哪里的什么人结婚，都没必要和任何人商量。此前我好几次下决心，想请夫人把小姐许配给我，但每次事到临头又踌躇起来，怎么也说不出口。我并非害怕遭到拒绝，因为如果遭到拒绝，虽不知道自己的命运会如何变化，但话说回来，这倒使我有机会站在与现在不同的角度来展望新的世界。因此如果有必要，这点勇气我还是拿得出来的，但我讨厌被人诱惑，受人愚弄比起其他任何问题都更令我恼怒。我已经被叔叔摆了一道，无论如何不能再让人欺骗了。

17

　　夫人见我只是买书，劝我多少也买点衣物。实际上，我只有乡下织的棉布衣服，那时候的学生并不穿丝绸材质的衣服。我一个朋友出身横滨商贾之家，家中生活用度甚是阔绰，有次家里给他寄来一件丝绸小袄，结果大家见了都忍俊不禁。这个家伙难为情地为自己辩解，最后索性将小袄塞到行李箱底，弃而不穿。但大家后来还是围着起哄，偏要叫他穿在身上。不巧那件小袄上面已经落了许多虱子，可能正好称了朋友的心意，于是他把这件给自己招惹是非的小袄卷将起来，出门散步时随手扔进了根津的一个大脏水沟里。其时我和他走在一起，站在桥上笑着看他的举动，心中竟丝毫也不觉得可惜。

　　那个时候我已经基本算是个大人了，但还没意识到自己应该备一套出门时穿的衣服，莫名地认为在毕业和留胡子之前，没必要在衣服上用心。所以我对夫人说，书本是必要的，衣服则无关紧要。夫人知道我买了很多书，问我，你买的书都会读吗？我所买物什中虽然有辞典，照理是用来查阅的，但还是有些连一页都没翻过的书，于是，面对夫人的询问，我竟无言以对。我意识到，反正是买不必要的东西，书本和衣服就是一回事了。然后我就想以承蒙关照为由，给小姐买件她可能会喜欢的腰带或者布匹，并把这一切都拜托给了夫人。

夫人不愿一个人去，而是命我同去。还叫小姐也一起去。我们是在和如今不同的氛围中长大的，作为学生，我们不大习惯和年轻女子游逛。与现在相比，当时的我还是屈从于习惯的奴隶，听到夫人的邀请，我迟疑了一下才出了门。

小姐打扮得很是用心，她原本就皮肤白皙，又涂了厚厚一层白粉，就更加引人注目了。往来的行人都忍不住盯着她看。说来奇怪，那些人看了小姐之后，一定要把视线转移到我身上，对我打量一番。

我们三个人去日本桥选购想买的东西。买的时候又举棋不定，比预想中多费了不少时间。夫人特意叫住我，问我的意见，有时还拿衣料在小姐的肩部和胸前比画，叫我退两三步帮忙看看。一到这种时候，我就会装腔作势地说这个不行，那个很合适云云。

花了好大工夫买好东西，回到家时，已经到晚饭时间了。夫人说要招待我以表谢意，带我到了一家叫作木原店的有说书场的狭小巷子里。巷子很窄，吃饭的地方也很窄。我对这一带完全不熟，对夫人的轻车熟路颇感惊讶。

天黑了，我们也回到了家。因为次日是星期天，我整天都窝着没有出门，星期一一早到了学校，就有个同学故意调侃我，问我什么时候娶的媳妇，还说我的媳妇是个非常标致的丽人。我估计是我们三个人一道去日本桥时，被他瞧见了吧。

18

　　我回到住所之后,把事情说给夫人和小姐听。夫人看着我,笑着说:"给你添麻烦了吧?"当时我心想,男人可能就是这样被女人试探心意的吧?夫人的眼神饱含着令我遐想的意味。或许我当时直接跟她坦陈自己的想法更好,但我心里还是有心结没有解开,本想挑明了说,却又咽了回去,然后故意把话题稍稍岔开。

　　我把自己这个关键人物从问题中抽离出去,然后就小姐的婚事试探夫人的想法。夫人明确告诉我,来提亲的也有两三桩了,又说小姐还在上学,年纪尚轻,所以还不是那么着急。虽然夫人嘴上没说,但我看得出来,她对小姐的姿色很有信心。夫人甚至透露,想定的话,不管什么时候都定得下来,但因为只有小姐这一个孩子,所以不会那么轻易地放手。我想,可能连把小姐嫁出去,还是找个女婿上门这方面,夫人都还犹疑不决呢。

　　说话之间,我感觉从夫人这边获悉了很多信息。但也正因为如此,我得到的结果和失去的机会没什么两样。我最终一句关于自己的话也没有提,打算见好就收,结束话题,回自己的房间里去。

　　小姐刚才还在一旁笑着,说"好过分啊"云云,不知什么时候却走到了对面角落,背对着我。我准备起身回头看时,看见了她的背影。光凭背影无法看出他人心里在想什么。关于小姐对这个问题的看法,我十分茫然,没有头绪。小姐面朝橱柜坐着,橱柜打开一尺来宽的缝隙,小姐似乎从里面拉出了什么东西放在膝盖上看着。我从缝隙的一端,分辨出那是前天我们一起买回的布料。原来我的衣服和小姐的衣服都叠放在橱柜的一角。

我一声不响地起身离开时,夫人突然语气一转,问我是怎么想的。这个问题让我始料未及,简直想反问她一句:"对什么怎么想?"当我明白她是在问我是否早点决定小姐的终身大事为好时,我回答说,还是尽量往后缓缓为好。夫人说她也是这么想的。

当夫人、小姐和我的关系处于这种状态时,竟然有另一个男人要横插进来。他成为这个家庭的一员之后,给我的命运带来了非同寻常的变化。假如不是他硬生生在我生活的轨道中剪径的话,我或许也没必要给你写下这样的长篇大论吧。这就好比我束手无策地站在恶魔面前,而并未意识到其瞬间的阴影将使我的一生黯淡无光一样。坦白地说,是我自己把他招来这个家的。当然,因为需要夫人的准许,我一开始就毫不隐瞒地说明了这个人的情况,并央求夫人的允许。不料夫人叫我作罢,尽管我认为自己有充分的理由带他来,但在让我作罢的夫人看来,那些理由完全无法成立。因此我就坚持按自己认为对的方向果断地践行了。

19

　　在此我把这个朋友称为K。我和K从小就很要好。说到从小，我不解释你应该也明白吧，我们两人有同乡之缘。K是真宗[①]和尚的儿子，当然，他并非长子，而是次子，所以被送到一个医生家当养子。我出生的地方本愿寺派的势力很强，所以真宗和尚在物质生活上比起其他人颇显宽绰。举一个例子，如果和尚有女儿，等他的女儿长大成人，就会有施主上门商量，意图将其嫁到合适的人家去。费用当然不需要由和尚自己掏，因此真宗寺院的福祉大抵是很不错的。

　　K的亲生父母家生活本来也还过得去，但有没有能力供次子去东京上学，我无从知晓。或者是不是为了以后上学方便，才谈拢让K给人当养子的，我也不得而知。总之K到一个医生家当了养子。那是我们中学时的事情了。我至今都记得老师在讲台上点名时，我听到K的名字突然变了，当时我惊讶不已。

　　K去当养子的这户人家也颇有资产，K是从这户人家手上拿到学费并来到东京的。虽然他没有和我一道离开家乡，但到了东京之后，我们马上住进了同一栋宿舍楼。那时候，一个房间里经

[①] 日本佛教派别之一，创于13世纪初，创建人亲鸾（1173—1262），允许食肉、结婚。

常有两三个人拼桌搭伙，K和我住在同一间。我们好比山里活捉来的动物，在笼中互相抱着，看着外面的世界。我们畏惧东京和东京人，但在六张榻榻米大的房间里，却可以睥睨天下，高谈阔论。

然而我们是认真的。我们确实认为自己会出人头地。K尤其厉害。出生于寺院的他，经常使用"精进"一词。在我看来，他的所有行为都可以用"精进"这个词来形容。我在心里经常对K抱有敬畏之感。

从初中开始，K就会用宗教、哲学等难题刁难我。不知道是出于他父亲的感化，还是因为他出生的环境，也就是寺院那种特殊场所才有的氛围影响使然。总之他看上去似乎比一般僧人还要有气质得多。本来K的养父母送他来东京是想把他培养为医生，但顽固的他执意不肯当医生。我责问他，那不是在欺骗你的养父母吗？他倒也坦然地承认了。并说如果是为了道义，这样做也无可厚非。但在当时，就是他本人可能也对他所称的"道义"一词不甚明白吧，我当然更不能说自己明白。但对于年轻的我们而言，这种抽象的字眼却显得颇为高贵。即使不甚了解，只要胸有丘壑地朝着那个方向身体力行，看起来也并不卑微。我赞成K的说法，至于我的赞成对K有多大的意义，就不得而知了。他那么一根筋，即使我再怎么反对，我想他还是会按自己的想法一以贯之吧。然而特殊情况下，声援他的我多少也会被追究责任的，尽管我当时不通世事，对这一点却还是清楚的。即使我当时没有那样的思想准备，但在需要我以成年人的眼光回顾过往时，我也要理所当然地承担起相应的责任，绝不推辞。

20

K和我考入了同一个系，并坦然地拿着养父母家寄来的钱，走上了自己喜欢的道路。他心里同时存在着两样东西：一是断定养父母绝不会知道此事的坦然，二是哪怕被养父母知道了也无所谓的勇气。K看起来那么若无其事，我也只能这样理解他的想法。

第一个暑假K没有回家，说是准备在驹达的某个寺院租一间房来学习。我回东京已是九月上旬了，他果然成天闷在大观音①旁边一个脏兮兮的寺院里。他的房间紧挨着正殿，很狭小，但他乐得在里面读书，这似乎正遂了他的心意。我觉得那时他的生活已经渐渐有僧人的味道了，他的手腕上也一直挂着念珠。我问那是做何用的，他就用拇指一颗两颗地捻起珠子给我看，也许他整天就是如此将念珠数上好几遍。但我不知道其意义何在。将这串成一串的珠子逐颗数下去，永远也数不到头啊。K将以怎样的心情在什么样的节点停下呢？尽管说来很无聊，但我经常这么想。

---

① 东京文京区光源寺中的十一尊观音像。

我还在他的房间里发现了《圣经》，记得以前多次从他口中听说这本经书的名字，但我们却从来没有讨论过关于基督教的问题，这让我有些意外，不由得问他究竟是何原因。K说没有原因，又说被这么多人视若珍宝的书，当然要读一读，甚至还说，如果有机会，他打算读读《古兰经》。他似乎对"穆罕默德和剑"的故事饶有兴致。

第二年暑假，K的家里人劝他回家，于是他终于回去了。回家以后，他对自己专业相关之事绝口不提，家里也没察觉有什么不对。你是受过学校教育的，应该非常清楚这方面的情况吧，社会上的人对学生生活、学校校规等无知到了令人震惊的程度，而我们对于无关紧要的事情又一概不会诉诸外面的世界。我们处于相对封闭的环境中，都容易犯一个毛病，就是以为世人都知道校内那点事。说到这点，K可能更练达于人世吧，所以又能若无其事地回来。我是和他一起离乡的，一上火车我就问K事情怎么样了，K回答说没怎么样。

第三年的暑假，正是我下定决心永久离开父母长眠之地的那年。那时我劝K回乡一趟，K没有答应，说年年回去做什么。他看起来还想继续留下来用功。无奈之下，我只能独自一人离开了东京。在故乡度过的那两个月，给我的命运带来了很大的波澜，关于这点，我在前面已经写过，就不再赘述了。我满怀一腔的不平、忧郁和孤独跨入九月，和K再次相见。孰料他的命运竟和我一样跌宕。原来他在我不知情的情况下，给养父母家寄了一封信，坦白了自己对他们的欺瞒。他从一开始就做好心理准备了，可能他希望养父母说："事到如今也别无他法，就随你所愿去发展吧。"总之他好像没打算在上大学之前一直欺骗养父母，也可能他知道纸毕竟是包不住火的。

21

养父看了K的信后大发雷霆，当即回了一封毫不客气的信，说不可能再给欺骗父母的不肖之人寄学费了。K给我看了信，又把这前后从家里收到的信都给我看了，那些信上苛责的措辞都如出一辙。可能出于对养父母家的愧疚，他回信说这一切他都认了。由于这件事情，K要么复籍回到亲生父母家，要么另外寻求妥协，继续留在养父母身边。不过这些都是往后的问题，当务之急是必须设法筹措到每个月不可不交的学费。

我就这一点问过K的想法，K回答说准备去当夜校的老师什么的。当时和现在相比，谋生的路子更宽，临时性的差事并不像你想象的那么难找，我以为K完全可以撑得住的，但我也有必须肩负的责任。K违背养父母的期望，决心走上自己心仪的道路时，赞成的人是我，我不能若无其事地袖手旁观，当时我立刻提出可以给他提供物质上的帮助。K二话不说，立刻回绝了。以他的性格，也许自力更生比在朋友的保护下度日要快乐得多吧。他说，既然上了大学，如果不能自力更生，就算不上男人。我不能为了尽到自己的责任而伤害K的感情。于是我任由他按自己的想法去做，不再插手。

K没费什么周折就找到了自己心仪的出路。但是对于珍惜时间的他而言，这项工作的辛苦程度简直难以想象。但他一如既往，学业上丝毫没有放松，身负新的担子向前猛冲。我担心他的健康，但要强的他只是笑笑，完全没有理会我的提醒。

同时，他和养父母的关系又渐渐变得复杂起来。时间上已失去自由余地的他，已经没机会再同以往那样和我交谈。我始终未能详细地问出事情的来龙去脉，但我知道事情已经变得越来越难以解决，也知道有人试着从中调停，那人写信催促K回乡，可是K无论如何都推说不行，就是不答应。这种做法——K自称是因学年还未结束，所以不能回去，但在对方看来，想必就是固执吧。这似乎使得事态之恶化愈演愈烈了。他既伤害了养父母家的感情，也让自己的家人生气。当我因担心而开始写信，打算从中撮合两家人时，事态的发展已经覆水难收了。我的信如泥牛入海，没有收到只言片语的回复。我也恼怒起来，这之前我对K只是抱以同情，而这之后我铁了心要站在K的一边，不管他是否有错。

最后K决定复籍。从养父母家得到的学费，由亲生父母代为补偿。据说后来K的亲生父母也不再管他，让他好自为之了。用过去的话说，这就是逐出家门了吧。也可能没有那么严重，但是K本人是这么说的。K从小没有母亲，所以他性格的这一面确实是由继母带大所产生的结果。如果他的生母尚在人世，我想他和血亲的关系或许不至于有这样大的隔阂。不消说，

下　先生与遗书　165

他的父亲是个僧侣，但是从执着于义理这方面来说，似乎更像一名武士。

22

K 的事件告一段落之后，我收到一封来自他姐夫的长信。K 告诉我，他去当养子的那家人和姐夫是亲戚，所以不管姐夫在为自己周旋之时也好，帮自己复籍之时也好，K 都很看重姐夫的意见。

K 的姐夫在信中请我告诉他 K 后来过得怎么样，并补充说 K 的姐姐很担心，央我尽快回信。和继承寺院衣钵的兄长比起来，K 更喜欢这个已嫁为人妇的姐姐。虽说两人是一母同胞的姐弟，但他和姐姐的年龄差距很大。也许 K 小的时候，同继母相比，反而是这个姐姐更像真正的母亲吧。

我把信给 K 看了。K 什么话也没说。只是坦白他已经收到姐姐的两三封意思大同小异的来信。K 说他每次都在回信中让姐姐不必担心。不巧的是，姐姐所嫁的人家经济拮据，因此姐姐不管对 K 如何同情，在物质上却无法帮助弟弟。

我写了一封回信寄给了他姐夫，内容和 K 说的大致相同。其中我特意强调了一句，万一有什么需要，我一定伸出援手，请放心。这是我本来就有的想法。其中当然含有让这位担心着 K 的姐姐释怀的好意，但更有一层用意：要做给对我爱搭不理的 K 的亲生父母、养父母家瞧瞧。

　　K复籍时是一年级。此后，直到二年级中期的大约一年半期间，他都凭一己之力撑了过来。但是过度的劳心劳力已经渐渐影响到他的健康和精神，可能还有是否要同养父母撇清关系这个棘手问题在雪上加霜吧。他渐渐地变得感伤起来，不时说自己仿佛独自背负着世间所有的不幸，但只要这一念头暂时熄灭，他又马上兴奋起来。他还觉得自己未来的光明好像正从视线中逐渐撤离，这让他烦躁不安。刚开始求学时，任谁都胸怀远大，准备好踏上新的征程，但一两年过去，到临近毕业时，却突然觉察自己脚步迟缓，这自然会让多半的人感到很失望，K也不例外。他的焦虑比一般人严重得多，我认为当务之急是让他的心情平复下来。

　　我让他停掉不必要的工作，并忠告他考虑更长远的将来，现在一定要放松身体，适当休闲才是上策。K生性固执，我早就料定他没那么容易将我的话听进去，果然，我跟他说了之后，发现比预想的还要艰难，我也就没辙了。K声称光做学问并非自己的目的，自己的想法是想成长为一个意志坚强的人，还下结论说必须尽可能让自己身处逆境。在一般人看来，这简直是醉酒后的胡话。何况身处逆境的他意志丝毫没有变得坚强起来，反倒像是罹患了神经衰弱。无奈之下，我只能表现出深有同感的样子，并明确表示自己未来也打算朝着这个方向发展（当然，这并非全是空话。听了K的说法，我难免一步步朝他靠近，因为他就是有某种力量）。最后我提议和K一起住，一起努力前行。为了使固执的

下　先生与遗书

他改变心意,我甚至给他下跪过。如此周折一番,我总算把他带到了我的住处。

23

我的起居室带有一个四张榻榻米大小的会客室模样的房间。从玄关到我的住处,必定要通过这间会客室。因此从实用角度看,实在是极不方便。我把 K 安顿在这里。最初我是想在隔壁八张榻榻米大的房间里摆两张桌子,两个人将就住一下。但 K 说他还是想一个人住,房间小点也没关系,他还是选择住在那里。

前面我也说过,夫人起初是不赞成这种安排的。她说如果是一般的出租屋,两人比一人方便,三人又比两人划算,但又不是做买卖,尽量别招人入住为好。我说,他绝对不是会给人添麻烦的那种人,不要紧的。夫人应道,就算不会添麻烦,她也讨厌品性不明的人住到家里来。我诘问说,现在承蒙您关照的我不也一样吗?夫人又极力辩解说,因为她一开始就了解我的品性。我不由苦笑。夫人随即话锋一转,改说让那样的人住进来对我不好,还是算了。我问,怎么会对我不好。这回轮到夫人苦笑起来。

说实在的,我并不是非要跟 K 住在一起。但是如果我每个月都用现金的形式接济他,我想他肯定难以接受吧。他是独立意识很强的人，所以我才把他安顿到我的住处，瞒着他偷偷把两人的伙食费交到夫人手中。但关于K的经济状况，我一句也不打算向夫人挑明。

我只对夫人说了K的健康情况。我说如果让他单独居住，他的性子只怕会变得更加古怪。然后又说了K同养父母家关系不好，又与生身父母断绝了关系等事。我还告诉夫人和小姐，我决心以抱着拯救即将溺水之人的心态，用自己的温暖来改变对方，拜托夫人和小姐一定要好好照顾他。话说到这份儿上，夫人总算被我说服了。但K从未从我口中听到这些，因此对前因后果全然不知。对此我反而觉得心满意足，若无其事地把施施然搬来的K迎进房间。

夫人和小姐亲切地帮着他整理行李。我将这一切理解为夫人和小姐对我的好意，暗自欢喜。尽管K还是一副冷冷的样子。

我问K在新房间里感觉如何时，他只简单地说了句："还不赖。"要让我说，这对他可不止还不错，以前他住的房间是朝北的，又脏，潮气又重。吃的也和住的一样粗糙。搬到我的住所来，可谓鸟枪换大炮了。他之所以没有在表情上显山露水，一来是因为他固执的性子，二来也出于他的人生观。他受佛教教义的熏陶，认为在衣、食、住等方面太讲究的话，是不道德的做法。草草读过一些高僧和圣徒传记的他有个毛病，动不动就会把精神和肉体割裂开来，或许他还觉得越是鞭挞肉体，灵魂之光才愈加璀璨吧。

我采取的方针是尽量不逆着他的言行。我所做的努力是把冰

下　先生与遗书

块搬到向阳的地方使它融化。一旦冰融为温暖的水，就是它自我觉醒的时机到了，我想。

24

夫人对待我的方式，让我慢慢活泛起来。意识到这点之后，我试图依葫芦画瓢，把同样方法用到K身上。K和我在性格上很是不同，和他长期交往的我非常清楚这点。但我想，住到这里之后，我的神经多少松弛了下来。同样，K的心境也迟早会在此平复下来。

K的决心要比我坚定，学习大概也比我加倍刻苦吧。而且他生来就比我聪明得多。后来我们的专业不同，无法相提并论，但在同一年级时，无论初中还是高中，K经常名列前茅，甚至可以说，和K相比，我无论做什么都难以望其项背。不过在我硬把K带来这里时，我相信还是自己更明白事理。按我说来，他好像不理解勉强和忍耐有何区别。这点也是我想对你附言的，请你听一下。不管肉体还是精神，我们的能力都会因外部的刺激变得更强或者遭到折损。但毋庸置疑的是，不管怎样，那种刺激都需要渐渐加强，所以如果不深思熟虑，就可能朝着非常险恶的方向发展，不但自己无法察觉，有时连旁人都意识不到危险。据医生解释，再没有比人的胃更难伺候的东西了。要是光喝粥，消化硬物的能力就会不知不觉丧失。所以医生说不要忌口，什么都要吃。

但这说的恐怕不仅仅是习惯的问题，而是随着刺激的逐渐增强，营养机能的抵抗力也会变强。假如情况相反，胃的功能在一点点弱化，那结果会变得怎样是可想而知的。K虽然比我优秀，但好像没有意识到这一点。他只是说，人只要习惯了困难，那么困难变得再大也不怕。他坚信如果反复经受磨难，那么这个过程本身就是一种功德，有一天人就会将磨难等闲视之了。

在说服K的时候，我想一定要把这点讲清楚，但这势必会遭到K的反驳。另外，他一定会搬出过去什么人的例子。而那样一来，我就又想跟他强调那些人和他有何不同。如果K听得进去还好，但按他的性子，争论到那个地步，他就不容易回头了，而是执意向前，并且会用实际行动证明自己说出的话。而这样的话，他就会变成令人侧目之人了。他将自己不断地摧毁。从结果来看，他的伟大之处也不过在于亲手摧毁自己的成功。尽管如此，他也绝非平凡之人。了解他性子的我，最终什么也没有说。而且在我看来，就像前面我也说过的，他多少有些神经衰弱。即使我说服了他，也一定会让他情绪激动。我虽然不怕和他吵架，但回顾自己孤独难耐的境遇，总是不忍心让这个好友陷入同样孤独的境遇，更不愿意把他推向更为孤独的深渊。于是，在他搬来之后，我暂时还没有对他提出什么严厉的批评，只是静静观察着周围环境给他带来的影响。

25

　　我私下拜托过夫人和小姐尽量多和K说说话。因为我相信他现在的性情是由他以前沉默的生活状态造成的。就像没被使用的铁就会生锈一样，他的心上也生出了锈迹，我就是这么认为的。

　　夫人笑着说他是个不容易搭话的人。小姐还特意举例给我听。小姐问火盆里有火吗？K答说没有。又问那么拿火种来给你吧？K又推说不要。再问K你不觉得冷吗？K答说冷是冷，但还是不需要。之后就再也没应声了。我连苦笑都觉得牵强，他挺可怜的，我要是不说些什么搪塞一下，很过意不去。当然，春天也不一定非要烤火，但他那样子，也难怪会被人认为难以接近了。

　　于是我尽量把自己作为中间人，在两个女人和K之间勉力牵线搭桥。要么把母女两人邀到我和K交谈的地方，要么当我同母女两人在同一间屋子谈话时，把K也拉过来。无论用哪种方法，我都想让他们更深入地接近彼此。K当然不太乐意，他有时会突然起身走到室外，有时又任凭我怎么叫也不肯露面。K说那种闲聊一点意思也没有。我只是笑笑，心里非常明白K正因此而蔑视我。

　　从某种意义上，我或许的确会被他蔑视。他看待问题的着眼点比我高得多，我绝不否认这一点。但是如果只是眼光高，却没有对应的实力，就等于残疾了。我想目前最关键的，是想办法让他先成为一个正常人。我发现，不管他脑袋里有多少伟人的形象，只要他自己不变成一个伟人，就没有任何意义了。要把他改造成正常人，我想首先应该跟他沟通如何坐在异性身边，等他习惯了那种氛围之后，再尝试更新他已经开始生锈的血液。

这个尝试最终成功了。起初看起来很难融入其中的东西，过段时间也渐入佳境了。K好像开始意识到自己以外的世界了。有天他对我说，其实并不能那么小看女人。一开始，K似乎要求女人也具有和自己同样的知识。一旦发现对方没有，便生出鄙夷的念头。以往的他不知道根据性别调整自己的立场，只是以同样的视角观察所有人。我跟他说，如果交谈永远只在我们两个男人之间进行，话题只能呈直线型延伸，他说那是自然。我当时大概被小姐迷得魂不守舍的，才会很自然地说出那样的话吧。不过我内在的心思却一点也没流露出来。

之前K的心总是被他封锁在由书卷砌成的城墙里，现在慢慢打开了，对我而言，这比什么都让人开心。我最初就是以此为目的行动的，于是我不由得为自己的成功而喜悦。我没对K说过自己的感受，但我把所思所想都告诉了夫人和小姐，她们也欣喜不已。

26

　　K和我虽然在同一个系，但因为专业不同，出门时间和回家时间也各有早晚。如果我较早回来，只要穿过他的空房间即可，要是晚点回来，一般简单寒暄一下就回到自己的房间。K每次都把目光从书本上移开，看我打开隔扇门，然后必定说上一句："你回来啦？"我有时不回答而只是点头，有时只是"嗯"一声就走过去了。

　　有一天我去神田办事，回来的时间比平常晚很多。我快步走到门前，发现格子门大敞四开。与此同时，我听到了小姐的声音。我想声音应该是从K的房间里传出的。从玄关笔直往前走，经过相连的茶室和小姐的房间，左拐就是K的房间和我的房间。是谁在哪里说话，久居于此的我自然能分辨得出。我立刻扣上格子门，不料小姐的说话声也戛然而止。在我脱鞋的时候——那时我已经开始穿时兴但费事的系带鞋，就在我弯下腰解鞋带的当口，K的房间里已悄无人声了。我感到纳闷，心想是我幻听了亦未可知。可是当我像平日一般想穿过K的房间，打开隔扇门时，却看到两人分明就坐在那里。K像平日一样说道："你回来啦？"小姐也坐着朝我打了个招呼："你回来啦。"可能是我神经过敏，这简单的寒暄听起来有点生硬，回荡在耳膜里时，也感觉气氛挺不自然。我问小姐："夫人呢？"这句问话没有任何其他意思，只是我总感觉家里比平日安静，随便问一声而已。

夫人果然不在家，女佣也随夫人一起出门了。所以在家里的只有K和小姐。我有点纳罕，自己住这么久了，夫人却从来不曾留下小姐和我待在一起而独自出门，我又问小姐，夫人匆忙出门是否有什么急事，小姐笑而不语。我讨厌女人在这时候笑，如果说是年轻女子的通病倒也罢了，但小姐本就是一个在无聊事情上也能发笑的女子。不过，小姐看见我的脸色，马上恢复了平常的表情，认真地回答说："倒也不是急事，只是出门办点事。"寄人篱下的人无权继续追问，于是我不再吭声。

我换了衣服，还没等坐下，夫人和女佣回来了。过不多久大家就在饭桌上碰面了。刚住进来时，我凡事都被当客人对待，每次吃饭都由女佣端给我。后来不知什么时候规矩变了，到了用餐时间我就被招呼到那边去。K刚搬来时，因为我的坚持，他得到了和我同等的待遇。作为回报，我送给夫人一张由薄板制作的、颇为精致的折脚餐桌。如今好像家家户户都在用，可当时很少有家庭是一家人围着餐桌吃饭的。我特意去了趟御茶水的家具店，按我自己所想，定做了一张。

餐桌上，夫人解释说这天鱼铺伙计没有按照平常的时间过来，只好出去买我们吃的东西。既然家里有房客，这倒也合情合理。我正这么想着，小姐又盯着我的脸笑起来，但这回马上因被夫人训斥而收敛了。

下　先生与遗书　　175

27

过了一周光景,我再次穿过房间时,又发现 K 正和小姐交谈。当时小姐一看到我就笑了起来。如果我当时马上问她有什么好笑的就好了,但我一言不发地回到了自己的房间。这样一来,K 就不能再像平常那样向我打招呼说:"回来啦。"小姐好像马上就打开拉门进了茶室。

晚饭时,小姐说我是个怪人。我当时没有问她为什么说我奇怪,只是注意到夫人像是瞪了小姐一眼。

饭后我带着 K 出门散步。两人从传通院后头转到植物园的那条路,接着又绕到富坂下面。要说散步,这距离也不算短了,但一路上我们却极少对话。从性格来说,我不是能说会道之人,而 K 比我还要讷于言语。但我还是边走边试着尽量跟他搭话。我的话题主要围绕着两人借宿的这户人家。我想知道他怎么看待夫人和小姐,但他的回答云里雾里的,让人不知所云;不但不得要领,还极其简略。看来比起两个女人,他好像更关注专业学习。当然,那时候第二学年的考试也迫在眉睫。从一般人的立场看,他大约更像个地道的学生吧。而且他还说出 Emanuel Swedenborg[①] 如何如何,令不学无术的我一阵愕然。

[①] 伊曼纽尔·斯韦登堡,瑞典哲学家、神秘主义者。

我们顺利通过了考试之后，夫人也为我们高兴，说道："就差一年啦。"被夫人视为唯一骄傲的小姐也很快就要毕业了。K对我说，女人什么都没学到竟然也能毕业。小姐课余学的缝纫、弹琴、插花等，K好像完全没放在眼里。我嘲笑他迂腐，对他说女人的价值不在于此这种老话。他没怎么反驳我，但看那样子也不置可否。这点使我颇为自得，因为他那一声"哼"的语气依然带有蔑视女人的味道，似乎并不把我视为女性代表的小姐当一回事。如今回想起来，我对K的嫉妒在那时就已经萌芽了。

我和K商量暑假到什么地方去，K的口气听起来像是哪里都不想去。当然他并非自由之身，不是想去哪里就能去的。但只要我约他，他好像去哪里也都无所谓。我问他为什么不想去，他说没什么原因，就是想自在地待在房间里看书。我游说道去避暑地找个凉快地方看书对身体更好，他回我说那你一个人去好了。可是我不愿意把K一个人留在这里。光是看着K和这家人关系逐渐亲密起来，我就没什么好心情。这明明是我最初所希望的，但我为何看到希望实现，心情却急转直下，连我自己也说不上来。我铁定是个傻子。我们两人僵持不下，夫人看不下去了，就走进来调解。最终我们决定一起去房州。

28

K作为男性却鲜少出门旅行，我也是第一次去房州。两人对房州一无所知，就从船最先靠岸的地方登陆了。那地方大概叫保田吧。不知道现在变成什么样子了，当时是个凋敝的渔村。那里到处弥漫着腥味，而且人一下海就能被浪头掀翻，手脚马上会擦破。拳头大小的石头在连绵而至的海浪冲刷下，不断地来回滚动。

我立刻心生厌倦了。K没说好也没说不好，至少表情是漫不经心的。可是每次下海他总会莫名其妙受伤，我好歹说服他由那里前往富浦，再从富浦转到那古。当时，那一带海岸主要是学生去的地方，到处都有适合我们的海水浴场。K和我经常坐在海岸岩石上，遥望远海的颜色，也看看近处的水底。从岩石上往下看，海水显得特别漂亮。有些颜色的小鱼在一般市场上见不到，有红的，有蓝的，它们在透明的波浪中来回游动，颜色鲜艳而灵动。

我常常坐在那里闲翻着书。K则多半时候什么也不做，只是默默待着。至于他是在潜心思索，还是为景色所陶醉，抑或天马行空地想象着什么，我不得而知。我不时抬起眼睛，问K正在做什么，K回应说什么也没做。我往往遐想，如果安静地坐在自己身旁的不是K，而是小姐的话，那一定很快活吧。只是这样倒也罢了，但我有时会突然心生猜疑：难不成K也怀着同样的憧憬坐在这方岩石之上？这样一来，我突然愤怒起来，再没法气定神闲地在这里看书了。有时我还会忽然站起身来，肆无忌惮地大声咆哮。我做不来饶有兴致地吟诗、唱歌等文雅的事，只是如野蛮人一样乱吼乱叫。有次我遽然从背后扼住K的脖子，问他就这样把他推进海里他会怎么办？K岿然不动，仍然背对着我，回答说那刚好，帮我结果性命吧。我马上松开扼住他脖子的手。

这时候，K的神经衰弱已经改善很多了。可我渐渐神经过敏起来。看到K比我从容不迫，我又是羡慕，又是嫉妒。因为他不管怎样都没有理睬我的意思。在我看来那就是一种自信。可是即便承认他身上的自信，我也是绝对无法自洽的。我的怀疑又升级一步，想认清那种自信的本质。K应该已经在学问或事业上重新找到了自己应走的道路，前途光明。如果只是这样，K和我之间没有任何利害冲突，我对他的关照毕竟也有价值，应该为之高兴才是。但如果他的释然是因为小姐的话，我就绝对无法原谅他了。不可思议的是，他看起来好像完全没觉察出我爱慕着小姐的迹象。当然，饶是如此，我也有意不在K面前显露这些，免得让他察觉。K原本在这点上就很迟钝，正因为我一开始就觉得K挺让人放心的，才特意把他带到夫人家里来的。

29

我很想向K坦陈自己的心迹，当然这个想法也并非到那时才萌发，实际上，旅行之前我就做好了这样的打算。但我未能巧妙地抓住或创造坦陈的机会。如今想来，当时周围的人都挺奇怪，没有一个人会深入谈论跟女性有关的话题，其中有不少人大概是因为没什么话题好谈，即使有，一般也缄默不语。在呼吸着较为自由的空气的你看来，想必觉得奇怪吧。至于那是道学的影响使然，还是一种内敛的表现，则交由你自行判断好了。

K和我是无话不谈的。我们并非没有偶然谈及爱情、婚礼之类的问题，只是每次都沉陷于抽象的理论，况且这样的话题我们鲜少涉及。大多数情况下，我们谈的是书籍、学问、未来的事业、抱负、修养等话题。平时再亲密也是界限分明的，因此情况不可能突然发生大的变化。两个人只是客套着越发亲密而已。我在萌生了向K挑明自己对小姐的心思的想法之后，不知几度为自己的优柔寡断而苦恼不已。我恨不得在K的脑袋某处凿出一个洞来，把柔柔的空气吹到那里面去。

你看了觉得可笑至极的事情，对于当时的我实为巨大的挑战。旅途中，我也仍然像在家那样畏首畏尾，我始终想抓住机会，因此一直暗中观察着K，但在他那高蹈的态度面前，我到底一筹莫展。他的心脏周围简直像被黑漆刷了一层又一层，我企图注入热血，却连一滴也进入不了他的心脏，反而被悉数弹了回来。

有时见K那么刚毅和超脱，我反而舒心了。然后在心里暗暗为自己的疑心后悔，并无声地向K道歉。我一边道歉，同时感知到自己为人如此下作，心情就突然一阵烦恶。然而过不多时，之前的疑心又会卷土重来，势头凶猛。一切皆因我的疑心而生，一切都于我不利。单论外貌，K似乎也长得更加讨女子欢心。他的性格也不像我这般小家子气，想必更入女子的法眼吧。他那种大大咧咧的、沉稳的男子气概，似乎也比我更占优势。至于学习能力，虽然我们俩的专业不同，但我自知不是K的对手。对方所有的优势一时在我眼前迸射开来，稍稍安心下来的我马上又回到了原先焦躁不安的境地。

K见我心神不宁，提议如果我感到不适，可以先行返回东京。被他这么一说，我突然不想回去了。实际上也可能是我不想让K返回东京。两人绕过房州海角，走到了与其相对的一侧。俗话说望山跑死马，我们盯着炙热的日光，咬紧牙关，埋头赶路。"这么个走法，我已经完全不知道走的意义是什么了。"我这么半开玩笑地对K说道。K回答我说："因为有腿，所以就得走。"走得热了，我们便说去海里蹚蹚，也不管在哪儿了，只管在海潮里泡着。之后又因为太阳强光的照射，身体倦怠不堪，简直像要瘫痪了。

30

这样的赶路，又是燥热，又是疲劳，身体自然是扛不住的，不过和生病是两码事。就好像自己的灵魂突然嵌入其他人的身体一样。我像平常那样和K说着话，又隐隐觉得心境已和平日不同。我对他怀有的亲近也好，憎恨也罢，都开始带有旅途中特有的那种性质。也就是说，由于炎热，由于海潮，同时也由于步行，我们才得以进入与以往不同的新的关系中。当时的我们就好比结伴而行的引车卖浆之流，交谈再多也不同于平时，并不触及需要费脑思索的问题。

就这样，我们终于走到了铫子，途中有且仅有一个例外令我至今难以忘怀。那还是在离开房州之前，我们来到一个叫作小凑的地方，在鲷浦游逛。事情过去有些年头了，加上这事我原本就不是很感兴趣，所以记得不是很清楚。听说那个村庄是日莲[①]的诞生之地。据传说，日莲出生当天有两尾鲷鱼冲到岸上来，于是打那以后村里渔民便不再捕鲷鱼，直至今日，海湾里聚集了很多鲷鱼。我们雇了一艘小船，特意去看鲷鱼。

当时我心无旁骛地看着海浪。看海浪中游动的微微泛紫的鲷鱼，看得津津有味，颇以为乐。但K看起来并没有我这般的兴致，比起鲷鱼，他反倒像是在脑海中想象着日莲。正好那里有座叫作诞生寺的寺院，大概是因为坐落于日莲诞生的村庄而得名的吧。寺院颇有韵味，K提出去见见住持。说实话，我们当时衣着相当狼狈。尤其是K，因为帽子被风吹跑了，所以买了一顶草帽戴着。衣服就更不消说了，不但满是污垢，还散发着汗馊味。我说就别见和尚了，但K很固执，不肯听劝，还说如果我不愿意，他就一个人去，让我在外面等着。无奈之下，两人一同来到寺院门前。我思忖着这回肯定要吃闭门羹了，不料这位和尚好生客气，居然引着我们进入颇为宽敞的客厅，立刻会见了我们。我当时的想法和K大相径庭，所以没什么心思倾听和尚和K之间的

[①] 日莲（1222—1282），镰仓时期僧人，日本佛教日莲宗始祖。

谈话。K则忙不迭地问着关于日莲的一些事情。和尚说日莲的草书炉火纯青，以致有"草日莲"的说法。我至今记得字迹拙劣的K那副不屑一顾的表情。比起这个，K想知悉的，或许是更深层意义上的日莲吧。在这一点上，和尚能否满足他的愿望还是个问题。不过他一走出寺院，就在我面前三句话不离日莲。我又热又累，哪里顾得上这个，只是随口敷衍了事。后来连说话都感到费事，索性默不作声了。

我记得是第二天晚上的事，两人回到旅店吃完饭，在睡觉之前的一会儿光景，突然就一个很难的问题争论了起来。K大概为昨天自己提到日莲时我没有接茬感到不悦，说精神上没有上进心的人是蠢货，听着像把我当成了轻薄之人。但我心里满满装着小姐，无法对他近乎侮辱的言语一笑置之，于是开始了一番唇枪舌剑。

31

当时我再三使用"像个普通人"这样的说法，K说这个说法隐藏了我的所有弱点。我事后思量，确实如K所言。但我是为了让K理解"不像普通人"的意思才使用这个说法的，出发点本身就带着赌气的性质，也就没有自我反省的余地，而仍然坚持自己的主张。于是K问我他身上哪里看着不像普通人。我是这样告诉他的："你像一个普通人，或许你比普通人还要普通，可是你说的话听着不像普通人。另外,你的举止也不像普通人,你是故意为之的。"

我这样说的时候,他并无意反驳我,只是答道或许是自己教养不够才给人这样的印象。我与其说意兴阑珊,不如说反倒同情起他来,当即中止了争论。他的口气也渐渐低沉了下来,怅然地说如果我知道他所熟稔于心的过去的人物,就不会对他发起这样的攻击了。K所说的过去的人,既非英雄也非豪杰,而是指为了灵魂而虐待肉体、为了道义而鞭笞身体的所谓以苦难修行之人。K对我直言,他为此吃了不知多少苦头,而我对此一无所知,这令他感到十分遗憾。

随后,K和我就躺下来休息了。第二天又像普通的行脚商贩一般,吭哧吭哧地流着汗赶路。但一路上我不时回想起昨晚的事情。我的悔恨之念燃烧着:原本我得到了一个再好不过的机会,何故要装作若无其事的样子白白地放过呢?与其使用"像个普通人"这样的抽象说法,还不如直截了当地向K挑明了更好。实话说,我之所以讲出那句话,也是以我对小姐的感情为基础的。因此与其遮蔽事实,而将捏造的理论灌输进K的耳朵,还不如将事实原封不动地摆在他面前,这样或许对我更加有利吧。在此我要坦白,我之所以未能做到,是出于一种惰性,我缺乏捅破两人之间以学识交流为基调的友情的勇气。说我矫揉造作也好,虚荣心作祟也罢,反正都是一回事。只是我所说的矫揉造作和虚荣心,和它们的一般含义稍有不同,只要你能理解这点,我就很满足了。

我们一身黝黑地返回了东京，回来后我的心境又变了。"像个普通人"或"不像普通人"，类似这样的小道理在我的观念中几乎消失殆尽了。K 原本宗教学家似的样子也全然消失了。当时他心里恐怕已经不再有灵魂如何、肉体如何这类的问题了。两人以异种人的表情环顾着忙忙碌碌的东京。接着我们到了两国，尽管很热，我们还是吃了鸡肉串。K 说要一口气走回小石川。就体力而言，我其实比 K 强，当即欣然同意了。

回到家后，夫人看到我们，吓了一跳。我们不但肤色变得黝黑，而且在奔波之中瘦了很多。饶是如此，夫人还是夸我们变得结实了。小姐又笑了起来，说夫人自相矛盾，真是逗人。旅行前不时气恼的我，这时心情也颇为愉快，可能因为场合不一样了，而且好久没听见小姐的声音了吧。

32

不仅如此，我还注意到小姐的态度与之前相比略有不同。时隔多日从旅途中归来的我们在恢复平常状态之前，有诸多事情需要女人帮忙。照料我们的夫人自不消说，连小姐在一切事务上好像也都以我为先，把 K 放在后面。要是她做得太露骨，或许我也会觉得为难，有时反而会引起我的不快。但小姐在这点上做得甚得要领，令我喜不自禁。也就是说，小姐把她与生俱来的亲切感多分了一些给我，而且只有我心知肚明。所以 K

并没有什么不悦的神色，显得很平静。我在心中暗暗对着他奏起了凯歌。

不久，夏天过去，九月中旬我们就必须回到学校的课堂了。由于各自时间安排不同，我和K进出门的时间又有了早晚之别。我每星期会有三次比K晚些回来，但再也没在K的房间里发现过小姐的身影。K照例向我投来目光，道一声："回来啦。"我几乎是机械般点点头，简单并毫无意趣。

记得大概是十月中旬，我有一次因为睡懒觉，没换下和服就匆忙赶去学校。鞋子也一样，嫌绑带鞋系起来费时间，我把脚往拖鞋里一送就夺门而出。那天按照课程表，我本该比K先回来。于是我一回来就从容地刺啦一声拉开格子门。不料耳畔却传来了我原以为不在的K的说话声，同时传来的还有小姐的笑声。因为我没穿平时那双穿起来很费事的鞋子，所以马上进去打开了隔扇门。我看见了照例坐在桌子前面的K，但小姐却已经不见踪影了，我只是恍惚地看到了她逃逸一般离开K房间的背影。我问K为什么提早回来，K说心情不好就没去上学。我进入自己的房间后愣愣地坐下，过了一会儿小姐端茶过来给我。这时小姐才跟我寒暄说："你回来啦。"我不是那种爽利之人，没办法笑着问她刚才为何逃跑，但心里却在不断思忖着这件事。小姐很快起身往檐廊那边走去，但走到K的房间前时却驻足停留，一人在里，一人在外地交谈了两三句，似乎是他们刚才话题的延续。我没听到他们之前交谈的内容，因此完全摸不着头脑。

几番下来，小姐的态度渐渐变得坦然起来。就算K和我同时在家，她也时常来到K房间外的檐廊，唤他的名字。然后就进了房间，久久不见出来。当然，有时她是送信过来，有时是送来洗好的衣服。这样的交流对于同住一家的两人来说，本来也是无可厚非的吧，但我在一定要将小姐据为己有的强烈欲望的驱使下，怎么也没法等闲视之了。有时候我甚至觉得，小姐是故意避开我的房间而只去K的房间。你或许要问我，为什么不将K驱逐出去呢？但是那样一来，我当时强行将K拉到这里的初衷就无法成立了。这对我来说是做不到的。

33

那件事发生在十一月里下着冷雨的一天。那天我穿着被淋湿的外套，跟平日一样穿过蒟蒻阁魔堂①，沿着狭窄的坡道走回住处。K的房间空无一人，火盆里刚添的木炭倒是烧得正旺。我也想在红通通的炭火上烤一下我冰冷的双手，于是急忙拉开自己房间的隔扇门。不料我的火盆里只剩下冷冷的白灰，火种已经烧尽了。我突然心头一阵不悦。

这时，夫人听到我的脚步声，走了出来。夫人默默地看着站

---

① 东京源觉寺中有座阎魔像，因从宝历年间就被民众以蒟蒻来供奉、还愿，也被称作蒟蒻阎魔。

在房间正中的我，有些不忍似的帮我除下外套，换上了和服。之后她问我冷不冷，并马上从隔壁房间取来了K的火盆。我问K回来了没有，夫人答说，回来又出去了。这天按时间安排，K理应比我晚归，于是我纳闷是何缘故。夫人说，大概他有什么事情吧。

我坐下来看了一会儿书。房子里一片寂静，听不到任何人的说话声，我感觉初冬的寒气与凄冷深深地嵌入自己的体内。我很快合上书本，站起身来。突然很想到热闹的地方去。雨好像终于停下来了，但天空仍如冰冷的铅块一般沉重地低垂着。出于慎重，我肩上荷一把油纸伞，沿着兵工厂后面的土墙往东走下斜坡。当时路还没有修规整，斜坡比现在还要陡得多。路面也很窄，又不是笔直的。而且下到谷地之后，由于南侧被建筑物挡住，排水不畅通，路面一片泥泞。尤其过了狭窄的石桥后到柳町大街之前那一段，更是惨不忍睹。就算穿着木屐或长筒靴也难以踏足。任何人都得如履薄冰地从路面正中一小条泥巴自然岔开的地方通过。其宽度只有一二尺见方，这就如同踩着铺在路上的一条带子行走一般，行人全都排成一列慢吞吞地走过去。我就是在这样的细带上与K狭路相逢的。当时的我全神看着脚下，直到同他迎面遇上前，我都完全没留意到他的存在。当时我突然被挡住去路，抬起眼睛，才发现K原来就站在那里。我问K刚才去哪儿了。K只说随便走动一下，回答的语调和平常一样，不冷不热的。K和我在细带上面擦肩而过。我随即发现就在K的身后站着一个年轻女子。近视的我之前未能看清楚，等和K擦肩而过时，我一瞧那女子的面容，发现竟是房东家的小姐，不由得心下一惊。小姐有点脸红，向我寒暄了一声。那时候西式的发髻和现在不同，前面并不往外突出，而是像蛇一样在头顶正中团团盘起。我出神地看着小姐的头，下一个瞬间才想到必须有一方让路。我索性一只脚踩到泥泞之中，腾出相对容易通行的地方让小姐通过。

之后我来到柳町大街，自己也不知道该何去何从，并且觉得不管去哪里都没什么意思。我任凭泥浆四处飞溅，在泥海里自暴自弃一般大步流星地走过，径直回到了家里。

34

我问K是不是和小姐一起出去的。K说不是，并解释说是在真砂町偶然遇见，于是结伴回来。我得掌握好分寸，不能再往下问了。但吃饭的时候，我又忍不住问了小姐同样的问题。结果小姐又像以往我嫌弃的那样笑了起来，并让我猜是去了哪里。那时我还窝着火，很恼怒被一个年轻女子如此冷落。但注意到这点的，在同一个饭桌上吃饭的人之中，也仅有夫人而已。K反倒若无其事。至于小姐的态度，不知是揣着明白装糊涂，还是真的一无所知，天真烂漫，我完全无法做出判断。作为年轻女子，小姐算是有些思想的了，但年轻女子共有的那种我厌恶的特点，若说小姐有没有，那也确实是存在的。而且小姐身上我所厌恶之处，是从K到来之后才进入我视线的。这不知是我对K的嫉妒使然，还是应该看作小姐在我面前使的障眼法，对此我有些疑惑不解。即使现在，我也绝对不否认自己当时的那份嫉妒，因为我已经几次重申过：我在爱的反面明确意识到了这种情感的作用。而且这种感情一定体现在旁人看来几乎不值一提的琐事上。说句题外话，这种嫉妒不就是爱的另外一面吗？我在结婚之后，自觉这种情感正在渐渐淡薄，而与此同时，爱情也绝对不如原来那般轰轰烈烈了。

我开始考虑是否该索性横下自己这颗踟蹰不定的心，向对方胸口掷去。我说的"对方"并非指小姐，而是指夫人。我想跟夫人推心置腹地把话讲开，让她把小姐赐予我。虽然下了这样的决心，我却一天天地往后拖延。这么说来，我或许像个优柔寡断的男人，就算如此也无所谓。我之所以举步维艰，并非缘于自己意志力的不足。K到来之前，我担心上当受骗，这种强迫症束缚了我，使我一步也动弹不得。K到来之后，万一小姐青睐K更甚于我这种疑心开始不断挟制着我。我已明确了心意：如果小姐真的更青睐K，那么我这份爱慕也就失去了诉之于口的价值。这和担心丢脸的性质还是有所不同的。自己再怎么爱慕，如果对方对别人抛出爱的橄榄枝，我也不甘愿和这样的女人在一起。世界上确实有因强行讨得自己喜欢的女子而喜不自胜之人，但我当时认为那是远比我等圆滑世故之人，或者是未能充分理解爱情的呆头鹅。我的爱慕是如此炙热，不能接受一旦得到良人，就会渐入佳境的逻辑。换句话说，我是个极其高尚的爱情理论家，同时又是个最迂腐的爱情实践者。

面对自己视为珍宝的小姐，尽管在长期相处当中，我经常有直接向她坦陈心迹的机会，我却故意避开了。当时我有一种很强的执念，认为按照日本的习惯，那样做是不被允许的，可是也绝不能说只有这个因素束缚住了我。我估计日本人，尤其是日本的年轻女子，在那种情况下，也缺乏心无挂碍、向对方一诉衷肠的勇气。

35

因此，我进退维谷。在身体抱恙的情况下午睡，有时醒来后觉得周围的事物清晰可辨，手脚却无论如何动弹不了。我有时候就承受着类似这种不为人知的痛苦。

不久，一年告终，春天来了。有一天夫人想打纸牌，让K带个朋友过来，K马上回答说自己一个朋友也没有。夫人十分愕然。确实，K连一个算得上朋友的老相识都没有。走在路上，多少会和认识的人相互打招呼，但绝对不是可以凑在一起打纸牌的交情。于是夫人改问我能不能找个熟人过来。不巧，我也没心思参与这样的娱乐活动，于是随口敷衍了一下，把这事晾在一边了。但到了晚上，K和我还是被小姐硬拉了过去。没有一个客人过来，只是家里几个人玩玩纸牌，倒也格外清静。K对于这种游戏很是手生，简直像个拱手的看客。我问K是否知道百人一首①的和歌，他居然说不了解。小姐听了我的话，大概是以为我蔑视K吧，随即明显地站到了K的阵营。发展到最后，两人几乎要结对与我针锋相对。要是换个对手，我或许都要忍不住翻脸了。好在K的态度从刚开始时就一直没有变化，看不出任何沾沾自喜的样子，我才能够平静地挨到最后。

这之后过了两三天吧，夫人和小姐说要去市谷一个亲戚家，一大早就离开了家。当时学校还没开学，K和我便像看家人一样留在家里。我既不愿看书，也不乐意出门散步，只是漠然地以手托腮，手肘支在火盆外沿上发呆，隔壁的K也悄无声息。双方都安静得让人难以分辨家里有没有人在。当然，就我们两人的关系而言，这种情况并不稀奇，我也没有特别在意。

到了十点左右，K突然拉开隔扇门，和我面面相觑。他站在门边，问我正想着什么呢。我本来就没有在想问题，如果说心有所思，或许是一如往常地琢磨着关于小姐的事情吧。而小姐和夫人必然是连带着的，最近又有K这种不知界限的人掺和进来，我因此而晕头转向，使得这个问题越发复杂起来。我看着K，虽然此前隐约意识到他是一种障碍物般的存在，但也不可能将我的心思对他直言不讳。我仍然看着他，一声不吭。想不到K快步走进来，坐在我烤火的火盆前。我马上把手肘从火盆边沿上放下，下意识地把火盆稍稍往K的方向推了推。

K一反常态地打开了话匣子。他问夫人和小姐到市谷的什么

---

① 日本一种纸牌上写有古代一百个诗人的一百首诗（和歌），每人一首，故云。

地方去了，我答道可能是去婶婶那里。K又问是哪个婶婶，我告诉他估摸着是军人之妻。K又问道，在女人看来，不是等到十五过了才算开年吗，她们怎么这么早就出门了？我只能告诉他我也无从知晓了。

36

K一说起关于夫人和小姐的话题就停不下来，后来竟然问起连我也答不上来的复杂问题。与其说觉得麻烦，我倒更觉得不可思议。我想起以前在他面前提及夫人和小姐时他的反应，无论如何也不可能对他态度的转变视若无睹。我终于忍不住问他为何要专门在今天说这方面的事，他顿时沉默了。但我发现他紧闭着的嘴角的肌肉似乎在颤抖，我不由凝视着那里。他本就寡言少语，平常要说话时，开口前嘴巴周边总是习惯性地颤抖。他的嘴唇好像有意违背他的意志，不肯轻易张开，而他话语的分量似乎就被闷在其中了。而他的声音一旦破口而出，又具有两倍于普通人的铿锵力量。

凝视着他的嘴角时，我马上预感到有什么话要冒出来了。而到底会是什么话，我无法预知，因此颇为惊愕。请你想象一下，从他素来沉默的口中，说出他如何深切地爱着小姐时，我该是什么反应。我简直像被他的魔棒一下子变成了化石，就连蠕动嘴巴的力量都被卸掉了。

当时的我说是恐惧感的载体也好，说是痛苦的载体也罢，总之那时的我就是一个物体。像石头或铁块一样，我从头到脚突然凝固了，生硬得连呼吸时的弹性都荡然无存。还好这样的状态并没有持续很久，少顷，我又找回了正常的状态，但同时下意识地想道：糟了！被他抢先了！

但接下来怎么办，我完全找不到头绪，恐怕也没有工夫找出头绪吧。腋下渗出的冷汗濡湿了我的衬衫，我拼命忍住，一直没有动弹。就这样，K像平常那样不时开封他那凝滞的嘴巴，断断续续地表白着自己的心迹。我实在痛苦得无法忍受。我想那种痛苦就像我的脸上被赫然贴上了大字，我就像一个巨大的广告牌一样。即便是K也不可能视而不见。但他依然故我，完全沉浸在他自己的事情之中，怕是无暇顾及我的表情吧。他的自白从头到尾以同样的调子一以贯之，给我的感觉是滞重、迟缓，而且不会轻易改变。我的心神一半听着他的自白，另一半则思考着该如何是好，无法安宁下来。因此K所说话语的细节等于没有进入我的耳朵。饶是如此，他口中话语的调子依然强烈地捶打着我的胸口，因此我不但感受到之前所说的那种痛苦，有时甚至感到恐慌。也就是说，一种对手强于自己的恐慌在我的体内萌发了。

K的自白大致结束时，我什么话也说不出来了。要在他面前也发表含义雷同的自白吗？还是什么都不说？我的沉默并非因为考虑着这样的利害关系，而仅仅因为说不出话来，而且也没有心思说话。

午饭时，K和我相对而坐。饭菜从女佣手中递上来，但我食不知味,这种情况是前所未有的。吃饭过程中,我们两人也几乎没有再开口说话。夫人和小姐是什么时候回来的,我们也浑然不知。

37

我和K分别折回到各自的房间,没有再碰面。K安静得一如早上,我也陷入了沉思。

我想自己本来应该向K坦陈心迹的,可惜时机已过,为时已晚。刚才为什么不打断K的话,对他反戈一击呢?这实在是莫大的失手。至少接在K的后面,当场畅所欲言也好啊,我也这样扼腕。如今K的自白已经告一段落,我如果依法炮制,怎么看都很不自然。而我也不知道该如何战胜这种不自然。我悔恨交加,脑袋一阵晕眩。

我幻想着K如果再次打开隔扇门,突然从对面闯进来就好了。要我说,刚才简直像是遭遇了突然袭击,我全然没有做好应战的准备。我心下思忖着,下次一定要把我上午所失去的夺回来。因此我不时抬眼看看隔扇门,但是不管过了多久,那隔扇门再没被打开过,K也长时间静闭不出。这样的时间里,我的脑袋好像被这种静谧搅得纷乱。想到K正在隔扇门的那边思量着什么,我顿时耿耿于怀,难以忍受。其实我们平常也一直这么隔着一扇门,彼此默默无语,一般K越是安静,我越是忘却了他的存在。因此当时我的心神一定已经相当紊乱了。但我又不能主动拉开隔扇门走过去。既然已经错过了说话时间，除了等待对方前来的时机，也别无他法了。

最后，我终于坐不住了。硬是按着自己端坐不动，免得忍不住冲进K的房间里去。我无可奈何地起身走到了檐廊。从那里来到茶室，心不在焉地从铁壶中倒出一杯水喝了。随后走到房门外。我故意避开K的房间，让自己走到往来道路的正中位置。我当然不是为了去哪里，只是坐立不安罢了。于是我不管东南西北，在正月的街头漫无目的地走来走去。不管怎么个走法，满脑子想的都是K的事情。我原也不是为了甩开K才四下漫步的，倒不如说我是为了细细思量他的言行才这般闷头游荡的。

首先，我觉得他真是个令人费解的家伙。他为什么突然地向我挑明这件事呢？他的恋情难道已经炽热到非得向我挑明的程度了吗？平日的他是被大风吹到哪里去了吗？这一切都是我难以理解的。我知道他的要强，也知道他的认真。我相信在决定自己接下来该采取何种态度时，有许多事得当面向他问清楚。同时我又不愿意接受今后要把他当作自己的对手。我一边浑然忘我地在街道上游走，一边在眼前描摹他静静坐在自己房间里时的模样。而且似乎从哪里传来一个声音告诉我，无论我怎么游走，也奈何不了他。总之，于我而言，他简直成了妖魔般的存在了，我甚至觉得自己可能要旷日持久地生活在他的阴影之下。

当我走累了回到家时，他的房间里依然安静得好像一个人都没有。

38

我进屋没过多久，就听到了人力车的声音。那时不像现在有橡胶车轮，所以咣咣当当地回响着刺耳的声音，隔着老远都能听到。过不多时，人力车在门前停了下来。

我被叫出去吃饭已经是三十分钟后的事了。夫人和小姐出门穿的衣服仍然被扔在一旁，杂乱地装点着隔壁的房间。两人说怕时间晚了对我们过意不去，于是急匆匆赶回来做饭。但夫人的热情对K和我几乎完全不奏效。

我坐在饭桌旁，像个惜话如金的人，心不在焉地寒暄着。K比我还要沉默。这天一起外出后回来的母女二人比平日开心爽朗，相比之下，我们的态度就很扎眼了。夫人问我怎么回事，我回答说心情有点差。实际上我的心情确实不好。夫人又问了K同样的问题，K没有像我一般回答心情不好，而是说自己只是不想开口。

小姐诘问道，为什么不想开口呢？我突然睁开沉重的眼睑看着K的脸。我心生好奇，想看看K是如何应答的。K的嘴唇照例微微颤动着。在不明就里的人看来，只会以为他不知如何回答是好。小姐笑着说，你大概又在考虑什么难题了吧。K的脸上微微浮起红晕。

这天晚上，我上床时间比平常要早些，夫人惦记着我吃饭时说心情不好,十点左右端了一碗荞麦面汤过来给我。但我的房间里已经一片漆黑。夫人"哎哟哟"地叫着,把隔扇门拉开了一条细缝,于是灯光从K的桌子上斜斜而朦胧地映照到我的房间里。看来K也还没就寝。夫人坐在我的枕边,说怕我感冒着凉了,还是暖暖身子为好。说着把汤碗送到我的脸旁。我没得选择,于是在夫人的注视之下把黏稠的荞麦面汤喝下了肚。

我在黑暗中思忖到了很晚。当然只是绕着一个问题兜兜转转,没有什么成效。我突然想,K这会儿在隔壁做什么呢?于是我半是下意识地"喂"了一声,对面竟然也"喂"地回了一声过来。K还醒着。我隔着隔扇门问,还不睡吗?K简洁地回我道,就快睡了。我又问,你在干什么呢?这回K不吭声了。我估摸着过了五六分钟,耳中真真切切地听到他咣当一声拉开了壁橱并铺开被褥。我问他,几点了?K回答说,一点二十分了。过了一会,他噗的一声吹灭了灯,房间里四下漆黑,一片静谧。

可是我的眼睛在黑暗中越发清明起来。我又一次在半是下意识的状态下朝着K"喂"了一声,K仍用之前那样的声调回了我一声"喂"。我终于直陈自己想就今天早上他说的事更深入地聊聊,问他是否方便。我当然不想横亘着一个隔扇门进行交谈,以为K马上就会给我回应。孰料就在我刚才"喂"了两声,他也淡淡地回了我两声"喂"之后,他再也不应声了。只是低声含糊地说了一声"是啊"。我不由得再次为之惊讶。

39

　　到了第二天、第三天,按 K 的态度,他也没打算给我明确的答复。看样子他绝对不想主动提及这个问题,当然也是因为没有机会。如果夫人和小姐不在哪天统一离开家,我们是不可能从容地谈论这种事情的,这点我十分清楚。尽管如此,我还是莫名地心烦意乱。到最后,起初暗暗地等待对方找过来的我,决心自己主动找个机会开口了。

　　同时,我也默默地观察着家里其他人的反应。但无论是夫人的态度还是小姐的举动,都跟平时没有什么不同。既然在 K 自白之前和自白之后,她们的举动没有什么差别,那么 K 的自白无疑是针对我一个人的,而至关重要的小姐本人,还有作为其监护人的夫人,还完全被蒙在鼓里。想到这里,我稍稍放下心来。我想,与其勉强找个机会煞有介事地提出此事,还不如想办法别让自然到来的机会溜走为好。于是我决定暂且不处理这个问题。

　　这件事说起来很简单,但执行起来时,心路历程却犹如大海的潮汐,充满了高低起伏。我见 K 还是按兵不动,便自己给出了各种各样的解释。观察夫人和小姐的言行举止,我怀疑两人心中所想是否真的和其外在表现的一样。另外,人的胸中安装的那个复杂机器,难道会像时钟指针一样,明了无误地指向表盘上的数字吗？总之你就这么想好了：对于同一件事，我时而这么认为，时而那么认为，好不容易才尘埃落定。说得更加复杂一点，或许在情理上，我当时绝对不应该使用"尘埃落定"这样的说法。

不久，学校又开学了。如果哪天上课时间相同，我和K就一道出门。时机得宜的话，也会一道回来。在外人看来，K和我十分要好，和从前并无差别。但实际上，我们无疑打着各自的小算盘。有一天，我突然在路上和K单刀直入。我首先问他上次的自白是只针对我一个人，还是也向夫人和小姐坦陈了。我想，自己今后应该采取的态度，必须根据他对这个问题的回答来决定。结果他明确说除了我以外还没向其他任何人透露。见事情的发展正合自己所料，我心中暗自欣喜。我非常清楚，K比我霸道，他的胆量也非我能够匹敌。但另一方面，我又出奇地信任他。尽管他在学费一事上欺骗养父母家长达三年之久，但于我而言，他的信用并没有丝毫减损，我好像反倒因此更加信任他了。所以无论我的猜疑心再深重，也绝没有动过否定他这一明确回答的念头。

我又问他打算怎样处理这份爱恋，是仅限于单纯的告白呢，还是想让这种告白收到什么实际的结果。可是他对这一点没有做出任何回应，只是沉默着低头踱步。我拜托他不要隐瞒我，一切按自己的想法直说就好。他明确表示自己没必要瞒着我，但对于我想了解的内容，他还是只字不答。我们毕竟是在街道上，我也不便停下来刨根问底，于是就这样不了了之了。

40

有一天，我走进久违的学校图书馆，坐在大桌子的一角，上半身沐浴着从窗口照进的阳光，随意地翻阅着新到的外国杂志。我被任课老师要求在下周之前查阅清楚一个跟所修专业相关的问题。但我怎么也找不到需要的信息，不得不三番两次地借换杂志。最后我好歹找到了需要的论文，专心致志地读了起来。这时，突然从大桌子的对面传来了一个声音，低声呼唤着我的名字。我遽然抬起头，看到K站在那里。K上半身伏在桌面上，朝我的方向凑过来。你知道，图书馆里是不能够大声说话的，以免影响到他人。因此在图书馆内，K的行为，再寻常不过了。但那时我却产生了一种异样的感觉。

K低声问我，是在学习吗？我回答说，查点东西。但K还是盯住我的脸不放，用同样低沉的声音问我，不一起去散步吗？我答道，过一会儿是可以的。他说，那我等你。随即坐在我前面的空位置上。这样一来我就走神了，突然再也无心读杂志了。我忍不住觉得，K的心里好像谋划着什么，是过来找我谈判的。我不得不准备合上杂志，起身离开。K一脸从容地问我，忙完事情了吗？我回答道，无所谓有没有完成。然后我把杂志还了回去，同K一起走出了图书馆。

我们也没别的地方可去，便从龙冈町走到池端，进了上野公园。这时他突然主动开口提起那件事。综合前后的情况分析，K大概正是为此特意拉我出来散步的。然而他的态度一点也没朝着实际的方向移动。他漠然地问我是怎么想的，所谓"怎么想的"，是问我是以怎样的眼光看待正陷入恋爱深渊的他。一言以蔽之，他似乎在征求我对目前的他的看法。我觉得自己终于看到了他不同于平日的地方。我好像说过几次，K的天性并不懦弱，不会顾虑别人的想法，一旦认定了什么，也有相应的勇气一往直前。他和养父母家的冲突鲜明地体现了他的这个特征，我对此印象非常深刻，当然明显地意识到他现在的样子与平常迥异。

我问K这个时候为什么要征求我的看法，他以往常未曾有过的低迷的口气，说自己是个软弱的人，实在羞愧。现在他很迷茫，已经不像是自己了。所以别无他法，只能征求我的客观的看法。我赶紧抓住时机，追问他活得不像自己是什么意思，他解释说自己进退两难。我马上顺势逼近一步，问他，这件事想退就能退吗？不料，他居然语塞了，只是说自己好生苦恼。他的表情看起来也确实十分痛苦。如果对方不是小姐，我会像及时雨一样，给予他所期待的回答，让他不再焦渴至极。我自信自己拥有美好的同情心，这种品德是与生俱来的，但当时的我就另当别论了。

41

我盯着K，就像要和其他流派较量一番。我调动我的眼睛、身体，所有冠以"我"这一字眼的器官，都对K严阵以待。无辜的K与其说漏洞百出，不如说简直是门户大开，毫不设防。我如同从他手中拿到了他所保卫的要塞的地图，并且在他眼皮底下优哉游哉地翻起这张地图来。

我发现K在理想与现实之间彷徨不定，于是觉得自己只要一拳就可以把他撂倒，接着就可以乘虚而入了。我迅速在他面前摆出严肃的态度。当然，这是一种策略，但因为我也产生了和这种态度相应的紧张情绪，所以也无暇顾及是否可笑或者羞耻。我敞开了说："精神上没有上进心的人是蠢货。"这是两人在房州旅行时，K对我说过的话。我用他当时的语气说出这句话，将同等的责难抛回给他。但这绝对不是报复。坦白说，我心里的念头比报复还要残酷。我企图用这句话堵死K的爱情之路。

K出生在真宗寺。但从初中开始，他的志向就不曾与生身之处的宗旨接近过。不是很明白教义区别的我，自知没有资格评头论足。不过在男女关系问题上，我还是有些理解的。K以前就喜欢"精进"这个词，我理解这个词时，认为其中可能包含"禁欲"的意思。但后来一问，才知道其中的含义比禁欲还要严厉，不由大吃一惊。K称自己的第一信条是为了道义可以牺牲一切。节欲、禁欲自不待言，但即便是疏离于欲望的恋爱也是道义的障碍。K自食其力过活的那阵子，我时常听他说起自己的主张。那时我心里爱慕着小姐，气势上难免与他针锋相对。我每次反驳他，他就露出一副怜悯的神情。与其说那是同情，不如说轻蔑的成分要更多些。

我们两人之间横亘着这样的过去。"精神上没有上进心的人是蠢货"，如果将这句话用于批评K的行为，那么他肯定是痛苦的。但就像我前面说过的，我并非存心用这句话摧毁他好不容易构建起来的过去。相反，我倒希望他一如往常地走下去。最后得道也好，升天也罢，都与我无关。我只是害怕K突然改变他的生活方向，与我的利益发生冲突。总之，我对他说的话不过是受利己之心驱使罢了。

"精神上没有上进心的人是蠢货。"

我两次重复着这句话，并凝神留意这句话会给K造成什么影响。

"蠢货啊。"过了一会儿，K答道，"我是个蠢货啊。"

K兀自站在那里，一动不动，眼睛定定地盯着地面看。我不由得心中一紧，觉得K好像瞬间从一个蟊贼变成了登堂入室的强盗。但我还是觉察到他说话的声音是那样绵软无力。我本想确认一下他的眼神，可是直到最后，他都没再看我一眼，只是慢慢地迈开了步子。

42

我一边和K并肩迈开步子，一边暗暗等待他掏心窝地说出下一句话，也许说我在伏击他更恰当吧。当时的我即使下套算计他也在所不惜。但我也是受过教育的，有着与之相应的良心，如果有谁来到我身边，骂我一声"你好卑鄙"，我或许就会幡然醒悟了。如果这样骂我的人是K，我恐怕会在他面前面红耳赤吧。然而K不会令我发窘，他实在太正直、太单纯，也太善良了。而意乱神迷的我居然忘了他这些令人尊敬的品质，反而落井下石，企图利用这一点来击败他。

过了一会儿，K叫我的名字，看着我。这回我自然地停下脚步，K也驻足停留。这时我才面对面地看着K的眼睛。K的个子比我高，我必须抬头才能看见他的脸。以这样的姿态和K相对，我感觉自己像一只狼，在盯着无辜的羔羊。

"这个话题就别再提了吧。"他说。他的眼神和话语里都溢出一种异样的悲伤。我一时不知道该如何回话。"别再提了。"K又说道，这次简直像在恳求。而我当时给了他一个残酷的回答，就像狼乘隙咬住羔羊的喉咙。

"别再提了？又不是我先提的，本来就是你先提出来的，不是吗？不过，如果你想打住，那也行。但如果你并不是发自内心地决定不再提起此事，那么只是表面上不提也不顶用。你平日的那些主张现在还算数吗？"

我这么说的时候，本来个子很高的K好像一下子矮了下去。他虽然一向如我说的那么倔强，但又比常人耿直得多，所以如果自己的彷徨被人责难的话，他一定无法平心静气。我看着他的样子，终于放下心来。随即他猝然问道："决心？"不等我做出回答，他又加了一句："决心？决心倒也不是没有。"他的语调很像自言自语，又像是说梦话一般。

两人就此收住话题，抬脚朝着小石川的租处走去。这天虽然风和日丽，但毕竟是冬天，公园里十分冷清。特别是当我回望阴沉沉的天空时，看见天空下那经霜后褪去绿意的杉木正举着茶褐色的树梢，我当即感觉一阵寒意渗入了后背。我们疾步穿过暮色四合的本乡台，下到小石川河谷，往对面的坡走去。这时我才终于感觉到外套下透出的体温。

也许是急着赶路，回来的路上我们几乎没再开口。回到租处，坐在餐桌前时，夫人问我们为什么回来得这么迟。我回答说K约我一道去了上野公园。夫人说，这么冷你们竟然也去，她看样子很惊讶。小姐追问上野公园里有什么看头，我回答什么也没有，我们只是去散步。平常话就很少的K更沉默了，夫人主动搭话也好，小姐谈笑风生也好，他都没好好回应一下，只是不住地往嘴里扒饭，还没等我起身就退回到他自己的房间了。

43

那时候还没有"觉醒""新生活"之类的词，不过K之所以不能挥别过去的自己，一门心思往新的方向迈进，并非因为他缺乏现代人的观念，而是因为他有着尊贵得无法挥别的过去，甚至可以说他正是为了那种过去而活到今天的。所以，虽然K没有朝着自己爱的对象勇往直前，却不足以证明他爱得温吞无力。无论感情如何炽热地燃烧，他也不会轻举妄动。既然还没有目标能让他想要不顾一切地达成，他就不可能停止回顾自己的过往，举步向前。这样一来，他就不得不按照过去指引他的道路行进，何况他又具有现代人所不具备的倔强与克制。在这两点上，我自认为看透了他的心。

从上野回来的那天晚上，对我而言是一个比较安静的夜晚。K回房间之后，我紧跟在他后面，在他的桌旁坐下，故意和他闲话家常。他看起来不大耐烦。当时，我的眼里多少闪烁着胜利的喜色吧，我的声音里也显出得意来。和K用同一个火盆烤了一阵火之后，我回到了自己的房间。其他方面都不如他的我，只有在这件事上，才觉得他不足为惧。

我很快安稳地睡着了，但突然听到一个声音呼唤我，我睁眼一看，隔扇门被拉开了二尺左右，K的黑影就站在那里。此外，他的房间里还点着灯，就像天刚擦黑时一样。面对这一突变，我一时间竟说不出话，只是呆呆地看着他。

K问我睡了没有。他总是很迟才睡。我看着如同黑影法师般站在门口的K，问他有什么事。K说也没什么事，只是去上厕所时顺便问我睡了还是醒着。因为K背对着灯光，我完全看不清他的脸色和眼神，但我听出他的声音比平常还要镇定。

过了一会儿，K一下子合上了隔扇门。我的房间立刻回到了原来的黑暗。我闭上眼睛，想在黑暗中安静地沉入梦乡，之后就什么事也不记得了。但第二天早晨想起昨晚的事，总觉得不可思议。我还想，这一切有没有可能只是梦呢？于是吃饭的时候我问了K。K说他的确拉开隔扇门叫过我的名字，但当我问他为什么这么做时，他却语焉不详。等我意兴阑珊时，他又反过来问我最近睡得好不好。他的反应总让我觉得有些古怪。

那天我们的上课时间刚好一样，过了一会儿就一起出了门。我对昨晚的事情耿耿于怀，在路上继续追问K，可是K的回答仍然无法令我满意。我旁敲侧击："不打算再说说那件事吗？"K笃定地说不是那样的。他的语气听起来像在提醒我：昨天在上野不是说过不提那个话题了？我突然发现K在这一点上自尊心很强，于是不由想起他说过的"决心"一词。这两个我之前从未留意过的字，竟然开始以一种奇妙的力量压制着我，让我几乎抬不起头。

44

我非常了解K颇为果断的性格，他之所以唯独在这件事上优柔寡断，其原因我也了然于胸。也就是说，我不但能够理解一般的情况，还擅长分析特殊情况。但在脑海里反复咀嚼他所说的"决心"一词时，我的自得渐渐黯然失色，最后竟然动摇起来。我想，对他来说，这种情况可能也不例外。我开始怀疑他是否已经胸有成竹地掌握了一次性解决所有疑惑、烦闷、懊恼的手段。而当我以新的眼光回顾"决心"二字时，不由感到惊讶。如果当时我能带着这种惊讶，再次公平地审视他口中"决心"的含义，或许结果会好一些。可悲的是,我当时简直像瞎了一只眼。我仅仅把这个词理解为K将主动追求小姐,想当然地认为他会把自己果断的性格用在爱情上。

我也听到了自己的心声:是时候做出最后的决断了。我马上鼓起了勇气。我打定主意,一定要抢在K之前,并在K不知不觉时把事情办了。我静静地等待时机。但两天过去了,三天过去了,我还是没有逮到机会。我又想等K和小姐都外出时,找夫人谈判,然而几天下来,要么只有一人不在,要么两人都在我眼前走动,我无论如何也找不到一个绝好的时机。我开始焦躁起来。

一个星期之后,我终于忍不住了,于是假装生病。夫人、小姐,甚至连K都过来催我起床,但我只是敷衍着应答,一直闷在被子里躺到了十点左右。等到K和小姐都不在家,房间里一片安静的时候,我从被窝里爬出来。夫人见了我,马上问我哪里不舒服,还劝我再躺一会儿,她会把吃的端到我枕边来。身体其实无恙的我,怎么也躺不住了,洗了把脸就跟平常一样到茶室吃饭了。夫人在长火盆对面给我盛饭。我手里端着不知该叫早餐还是午餐的饭食,一直在心里盘算着该如何开口。从表面上看,我或许还真像个心情不快的病人。

吃完饭,我开始抽烟。我不起身,夫人就不便从火盆边离开,于是她叫女佣把剩下的饭菜撤下,自己往铁壶里装水,又擦擦火盆,在一旁陪着我。我问夫人是否有什么特别的事,夫人说没有,并反问我为什么这么问。我说,其实我有话要说。夫人看着我的脸，问我是什么事。她的语调很随意，似乎与我的心情不大相称，让我接下来想说的话一下子有点凝滞了。

没办法，我东拉西扯地兜了好大一个圈子，最后试探着问夫人："最近K没有说什么吗？"夫人有点意外，再次反问我："说什么？"没等我回答，夫人又问我："他对你说什么了吗？"

45

我不想把K的自白告诉夫人，于是回答道："没有。"然后马上为自己扯的谎悒悒不乐。无奈之下，我改口说，K没有拜托过我什么，所以要谈的不是关于K的事。夫人说了声："这样啊。"然后等着我往下说。我无论如何都必须把话挑明了，于是突然说道："夫人，请把小姐许配给我！"夫人的表情没有我想象中那么惊愕，但也许久没能说出一句话，只是默默地看着我的脸。我已经把话挑明了，任凭她怎么看我，我也不能错失良机了，于是我抢白道："答应我吧，请一定许配给我。"又加了一句："请让她做我的妻子！"夫人毕竟上年纪了，比我沉稳得多。她问："许配给你也可以，但你是不是太心急了？"我马上接口道："我确实急着要娶她。"夫人笑了，向我确认道："你考虑清楚了吗？"我强调说，虽然我提出这件事很突然，但自己已经有这个想法很久了。

之后我们又来回问答了两三个问题，具体内容我现在已经忘记了。夫人具有男人一般的爽利，这有别于普通女人。即便是这样的话题，夫人也能谈笑甚欢。"好，就许配给你好了。"然后竟像恳求一般，说道："虽然把她许配与你，但我们不是什么大户人家，就请你收下她好了。你知道的，她是个没有父亲的可怜孩子。"

事情就这么简单明了地告一段落了，从头到尾大概不到十五分钟吧。夫人什么条件也没有提，并说也不用和亲戚商量，事后打个招呼就足够了，甚至肯定地说连小姐本人的意向也无须确认。在这一点上，做学问的我反倒显得拘泥于形式了。我提醒夫人说："亲戚暂且不论，但至少应该先问问小姐的意思才合乎情理吧？"夫人说道："没关系。我不可能把她送到她不中意的人家去。"

我回到了自己的房间，由于事情实在太顺风顺水，我反而觉得莫名其妙。我甚至生出疑念，怀疑这样是否真的行得通。但大体说来，一想到自己未来的命运就这么敲定了，我便觉得全身上下已经焕然一新了。

中午的时候，我又来到茶室，问夫人今天早上的事打算什么时候告诉小姐。夫人说只要她本人同意了，什么时候跟小姐讲都无所谓。这样一来，倒显得夫人比我有男子气概。于是我转身要走。夫人却又叫住我，说："如果你希望快些的话，就定在今天也未尝不可。等小姐从学校回来我就告诉她。"我答道："还是这样妥当。"说着，我回到了自己的房间。但是我想象着自己默默地坐在书桌旁，听着夫人和小姐在不远的房间里悄声说着什么，就不由得有些沉不住气。于是我戴上帽子出了门，走到坡下时迎面碰到了小姐。对此事一无所知的小姐见到我有些惊讶，我摘下帽子对她说："你回来啦。"她颇为不解地问我："你的病已经好了？"我忙不迭地回答："嗯，已经好了，好了。"说完赶紧疾步往水道桥方向拐去。

46

我从猿乐町走到神保町，然后拐到了小川町方向。我到这一带来，一般是为了逛逛旧书店。但这天我无论如何也提不起兴致翻阅那些陈旧的书册。我边走边不断地想着房东家的情景。我回忆着夫人刚才的样子，想象着小姐回家后可能发生什么，就像我是被这两件事推着往前走。我有时无意识地在道路中间停下来，想象着夫人正在跟小姐说那件事，又或许已经说完了。

我终于过了万世桥，爬上明神坡，来到本乡台，然后又走下菊坡，最后来到石川河谷。可以说我走的距离横跨了三个区，画了一个不甚规则的圆形，但在这么长的路途中，我却几乎没有想到K。如今回想起当时的自己，我也完全不明白是什么原因，只是觉得不可思议。要是说我紧张得把K给忘了倒也算了，但我的良心又绝不容许我这么做。

当我拉开格子门，从门口进入起居室，照例穿过K的房间时，我对他的良心又复活了。他像平常一样从书本中抬起头来看向我，但没像平常那样说："回来啦。"而是问道："病好了吗？找医生看过了吗？"那一刹那，我真想跪在他面前谢罪，那种冲动几乎淹没了我。假如只有K和我站在旷野的中央，我肯定遵从良心的命令，当场向他谢罪。可是里面有人，我抑制住本能的冲动，可悲的是那种冲动再也没有复活。

晚饭时，我又和K见面了。一无所知的K情绪低沉，但眼神中丝毫没有半点对我的怀疑。不明就里的夫人似乎比平日兴致更高昂，只有我知道真相。我吃着饭，味同嚼蜡。那天，小姐并没有像平日那样和我们同桌用餐。夫人每次催促，她也只在隔壁应道马上就来。K一脸诧异地听着，最后问夫人："小姐怎么了？"夫人说："怕是害羞吧。"说着看了我一眼。K更觉得诧异了，追问有什么好害羞的。夫人只是微笑着看着我。

从上餐桌的时候起，我就从夫人的神色中猜出了事情的大致进展。但我怕夫人为了回答K，当着我的面把一切和盘托出，那我就难堪了。加之夫人对这类事情不以为意，就更让我提心吊胆。所幸K又恢复了沉默，夫人虽然比平日兴致高些，但始终没有把话题推到令我惴惴不安的那个点上去。我松了一口气，回到房间，但我不能不考虑今后应该对K采取怎样的态度，我在心里构思了好多辩解的说辞，但在K面前都不足为凭，怯懦的我已经懒得再亲自向K解释什么了。

47

我就这样无所事事地过了两三天。这两三天中，对 K 的愧疚无时无刻不压在我的胸口。我觉得再不做些什么就太对不住 K 了。另外，夫人的口气、小姐的态度也始终在刺激着我，这些都令我坐立难安。夫人的品性颇有男性之风，说不定哪天就在饭桌上对 K 和盘托出了。并且，自那以后，小姐在我面前的言行举止显然与从前大不相同，很难说这不会在 K 的心中埋下阴影。我站在了一个新的立场上，即不得不设法让 K 知道我与这个家庭形成的新关系上。但与此同时，我又自觉在伦理方面对 K 有所亏欠，所以这件事对我来说还是困难至极。

无奈之下，我又考虑是否求夫人代我向 K 挑明，当然是趁我不在的时候。但如果如实相告，我也太没面子了，无非是直接告诉和间接告诉的区别。但是如果要让夫人歪曲事实，夫人肯定会诘问我是何原因。假如我向夫人坦白一切后再央求她，我必须豁出去，把自己的弱点暴露在我的爱人和她的母亲面前。这势必影响到我将来的信用。结婚前就失去爱人的信任，哪怕只是一分一毫，对我来说都是难以忍受的不幸。

总之，我是个有心想走正路却不慎失足的傻瓜，或者说是狡黠之徒。而目前能够觉察到这点的，只有苍天和我的内心。但想要重新站起来，继续往前迈出一步的话，也一定得告诉周围的人我刚刚滑倒了,我陷入了这样的窘境。我想要隐瞒自己滑倒的事实,同时又渴望前进,我处在进退维谷、左右为难的境地。

过了五六天,夫人突然问我跟K说了那件事没有,我回答说还没有。夫人诘问我为什么还没说,我在她的诘问中张口结舌。至今我还记得夫人说出的令人惊愕的话:"怪不得我一说这件事,他的表情就变得很奇怪。你也够损的,平时和他那么亲密,现在一副不闻不问的样子,这怎么行呢?"

我问夫人K后来说了什么,夫人说他没说什么。但我按捺不住,又打探了一些细节。夫人本来就不可能隐瞒什么,于是先说了一句:"也没讲什么大不了的事。"然后就把K的反应娓娓道来。

我整体思量了一下夫人的话,K好像是以最不显山露水的惊愕接受了这最后一击。至于他是如何面对小姐和我之间形成的新的关系,听说K最初只是道了一句:"是吗?"但当夫人说"你也高兴高兴"时,他才看着夫人,笑着说道:"那恭喜啊。"随后就从座位上起身,他在拉开茶室的隔扇门之前,又回头看着夫人,问道:"婚礼定在什么时候?"之后又说:"我虽然很想送点贺礼,但又没钱,就送不了。"坐在夫人面前的我听到这里,胸口像是被什么堵住了一样难受。

48

算起来，在夫人对 K 说完这些话后又过了两天多。在这期间，K 对我的态度和以前相比，完全看不出丝毫的差别，我也就一点也没有察觉到。纵使他那超然的态度仅停留于外表，我认为也是值得钦佩的。我在脑袋里将他和自己一较高下，觉得他似乎比我要伟岸多了。"我虽然依靠谋略胜出了，但在做人这方面却输给了他。"我的胸中不禁翻腾起这样的感觉。我想，K 当时大概对我很不屑吧。这一认识令我羞红了脸。然而事情发展到那种地步，再去 K 的面前自取其辱，对我来说是一种极大的痛苦。

星期六的晚上，我踟蹰不定，最后决定还是等第二天再见机行事。没想到，那天晚上 K 竟然自杀了。至今想到那一幕，我还是不寒而栗。平时都朝东睡下的我，唯独这天晚上朝西铺下褥子，这恐怕也是一种预兆吧。我被从枕边吹来的一股冷风弄醒，一看，K 和我的房间的连接处，平时拉得严严实实的隔扇门，此时和前阵子的那天晚上一样敞着缝，但 K 的黑影却没有像上次那样站在那里。我仿佛得到了什么暗示，用双肘支撑着起了身，朝 K 的房间里窥视。房间里灯光昏暗，褥子也是铺好的，但是棉被像被蹬掉一般，在下方蜷成一团，而 K 兀自头朝那边，趴着不动。

我"喂"了一声，可是 K 什么也没有回答。我又喊他，问他怎么了，K 的身体依然纹丝不动。我马上爬起来，走到了门槛边，借着昏暗的灯光环顾着他的房间。

当时我的感觉，和 K 突然向我发表爱情自白时几乎一模一样。我的眼睛在他的房间里扫视时，顿时如同玻璃球做的假眼一样停止了转动。我如木棍一般杵在原地，怵然心惊。这种感觉像一阵疾风般掠过我。我想，一切都完了。一道无可逆转的黑色光柱贯通了我的未来，一瞬间把我的一生映照得无比凄凉，我不由得瑟瑟发抖。

尽管如此，我终究没有忘记自己，我的目光很快落在桌上放着的一封信上。不出所料，收件人是我。我着魔似的拆开信封，信里的内容却与我预料的截然不同。我原本猜想信里不知有多少令我难堪的字句，害怕如果被夫人和小姐看到了不知会受到她们怎样的轻蔑。我草草读了一遍，如获大赦。（当然只是在面子上获赦了，但这种面子在当时似乎对我非常重要。）

信的内容很简单，甚至有些抽象，只是说自己懦弱无为，反正前途无望，不如一了百了。此外，也以极其简洁的语句对我之前对他的照顾表示感谢，顺便委托我处理身后之事；说自己给夫人添麻烦了，让我向夫人代为致歉；又委托我通知他老家的人；等等。他将所有必要的事情都用只言片语交代清楚了，唯独对小姐只字未提。我读到最后，立即察觉 K 是在有意回避，但我觉得最沉痛的，是他似乎在笔墨之余又补上的一句大意如此的话：我本来就该死去的，为什么还苟活到现在呢。

我用颤抖的手把信合起来，重新装回了信封。我故意把信放回原来的位置，这样就能让所有人都看到了。然后我回过头，看到了溅在隔扇门上的血迹。

49

我突然用自己的双手扶起了K的头，想看一看K死后的脸。但是当我自下往上看到他伏着的脸后，我马上松开了手。不光是因为害怕，他的头好像非常沉重。顷刻，我由上而下注视着刚刚触碰过的他冰凉的耳朵，以及像平时一样梳着中分发型的浓密的头发。我完全哭不出来，只是感到恐惧。然而那种恐惧不只是眼前的情景刺激到我的感官而引起的单纯的恐惧，我深深地感觉到了这位身体已然变得冰冷的朋友向我暗示的命运之狰狞可怖。

我呆呆地回到了自己的房间。在八张榻榻米大的房间里来回踱步。我的脑袋命令我动起来，哪怕是毫无意义的行动也好。我想自己必须去做点什么了，同时又觉得自己完全无能为力。我像是一头被关在笼子里的熊，不由自主地在房间里兜兜转转，无法休止。

我有时也想，要不然进里间去叫醒夫人吧，但每次我都以如此可怕的情形不能被女人看到为由制止了自己。夫人暂且不论，但是无论如何不能吓到小姐。这样强烈的念头压制着我，我又开始不停地来回踱步了。

后来，我点亮了房间里的灯，不时看一下钟表。那时候，我觉得没什么东西能比钟表走得更慢了。我虽然并未清晰地记得自己起床的时间,但可以肯定当时天快亮了。我边踱步边等天亮,我当时无比焦躁,真担心黑夜会永无止境地延绵下去。

因为学校大多八点开始上课,所以按照习惯,我们是在七点前起床的,不然赶不及。因此,女佣一般六点左右起床。但这天我去叫醒女佣时还不到六点。夫人被我的脚步声搅醒了,提醒我今天是星期天。我央求夫人道,如果您醒了就请来我的房间。夫人在睡衣外套上一件平日的便服,跟在我身后。一进房间,我赶紧把一直开着的隔扇门扣紧了。然后小声告诉夫人有一桩飞来横祸。夫人问怎么了。我用下颚指着隔壁间说:"您可不要害怕。"夫人突然脸色煞白。"夫人,K自杀了。"我接着说道。夫人像是泥塑木雕一般定住,默默地看着我的脸。我突然在夫人面前跪下,低头请罪道:"对不起,是我不好,我对不住您,也对不起小姐。"在见到夫人之前,我没想过自己会这么说,但见了夫人之后,我不由将这些话脱口而出了。你就当作我是因为无法向K致歉,转而对夫人和小姐道歉好了。也就是说,是我的本能撬开了我的嘴,让我与平日判若两人,跟跄着说出了这些忏悔的话。让我颇为庆幸的是,夫人并没有把我的话往深处想,她一边煞白着脸,一边安慰我道:"这是无法预料的事情,不也没办法吗?"但夫人的脸像是被惊愕和恐惧硬生生攫住了肌肉,如同雕刻出来的一般。

下 先生与遗书

50

　　我虽然觉得夫人的样子挺让人不忍心的，但还是站起来为她打开了刚刚扣上的隔扇门。当时K的油灯好像已经燃尽，房间里一片漆黑。我折回来拿起自己的油灯，站在入口处看着夫人。夫人躲在我的身后，窥视着那个四张榻榻米大的房间，但无意走进去。她要我保持现场，并把窗户打开。

　　到底是军人的遗孀，之后夫人处理事情的态度实在干脆扼要。我去找了医生，也去了医生那里，但都是听从夫人的命令去的。在这类手续办妥之前，夫人不让任何人进入K的房间。

　　K是用小刀割断颈部动脉，瞬间死亡的，没找到其他的创伤。我在梦寐般昏暗的灯光下看到的隔扇门上的血迹，原来是从他的颈部溅射上去的。在白昼的光亮中，我再次盯着那些血迹，不禁惊愕于人血居然有如此强大的迸发力。

　　夫人和我尽可能细致、周全地把K的房间打扫干净。好在他血迹的大部分都被棉被吸收了，榻榻米也就不会被弄脏太多，所以清理起来还算轻松。我们把他的遗体放到我的房间，按他平时睡着的姿势摆好。之后我给他的生父母家发了封电报。

　　我回来时，K的枕边已燃上线香。一进房间，一阵佛家的香火气息立即扑鼻而来。我在那弥漫的烟雾中认出了夫人和小姐。

昨晚以来，我还是第一次跟小姐打照面，小姐哭了，夫人的眼睛也红红的。事情发生后一直忘记哭的我此刻终于悲从中来。这种悲伤，不知道对我的心是怎样的一种宽释。我的心一度被痛苦和恐惧牢牢攫住，此刻仿佛终于得到了由这悲伤带来的点滴恩泽。

我默默地在两人的身边坐下。夫人把线香递给我，让我也上一炷香。我上完香后又默然坐下。小姐对我一言不发，我和夫人间或交谈一两句，也只是关于眼前的事。我还没有机会和小姐谈及K生前的事，另则，也暗自庆幸昨晚惨不忍睹的情景没被她撞见。我害怕年轻的丽人因为目睹可怕的情景而破坏了其难得的美貌。即使在那种恐惧浸入我的发梢时，我也没有把这种想法抛诸脑后而轻举妄动。我被笼罩于一种不快的情绪中，仿佛担心原本无辜的鲜花会遭到无妄的鞭打。

K的父亲和兄长从老家赶到的时候，我就该把K的遗骨埋在何处这一点说了自己的意见。在K生前，我经常和他去杂谷司一带散步，K非常喜欢那里。记得我曾经半开玩笑地说过："你要这么喜欢的话，等你死后就把你埋在这里。"当然，即便我现在按照约定把他埋葬在杂谷司，也实在算不了什么功德。但只要我活着，我就要每月都跪在K的墓前忏悔。也许考虑到之前无人关照的K都是由我照应着，K的父亲和兄长都同意了我的建议。

51

参加完K的葬礼，在回来的路上，一个朋友问我K为什么会自杀。事情发生以来，我已经数次被这种疑问所困扰。夫人和小姐也好，从老家过来的K的父兄也好，被通知到的熟人也好，甚至连和他八竿子打不着的报社记者，都在问我同样的问题。每到此时，我的良心都如同被针扎一般，一阵阵刺痛。从这句问话的背后，我仿佛听到一个声音在对我说："速速坦白人就是你杀的！"

我对所有人的回答都如出一辙，我只是一遍遍复述着他写给我的那封遗书的内容，此外再不多说一句。葬礼结束后的回程路上，K的一个朋友问了我同样的问题，我依然那样回答他。末了，他从怀里掏出一张报纸给我看。我边走边看他指的地方。上面写着K是与父兄断绝关系后，产生了厌世情绪而自绝于人世的。我什么都没说，只是把那张报纸折好还到那个朋友手中。那个朋友又说，也有报纸写道K是因失心疯而自杀的。因为我当时忙得几乎没时间读报，所以对这方面的消息并不清楚，但心里始终很在意。我最害怕曝出什么给房东家添麻烦的报道来。尤其如果牵连到小姐，哪怕只是写出她的姓名，我也不能忍受。我问那位朋友，此外还有什么别的叙述吗？他说自己见到的只有这两种。

不久，我就搬到了现在住的房子里。夫人和小姐也不愿再待在从前住的地方，我每天晚上都会梦见那晚的情形，极为痛苦，于是在商量之后，决定搬出来。

搬家两个月后，我顺利地从大学毕业了。毕业后不到半年，我就和小姐结婚了。在旁人看来，一切都很顺利，心想事成，真是可喜可贺。夫人和小姐似乎也很幸福，我也一样。可是我的幸福总是伴随着黑影，我想，也许这份幸福会成为最后把我带向悲惨命运的导火索吧。

结婚后，小姐她——再也不是小姐了，我得改叫她为妻子——妻子似乎想起了什么，提议一起去K的墓前拜祭。我不由得心下一惊，问她为何突然想起这事。妻子说如果我们两人一道前往拜祭，K一定很高兴吧。我目不转睛地看着不明就里的妻子，当妻子问我为何一副那样的表情时，我才回过神来。

我依照妻子的愿望，两人结伴去了杂司谷。我在K的新坟上洒水清洗，妻子则在墓前献上了线香和花。两人低头合掌，妻子述说着自己是怎么和我走到一起的，应该是想让K也高兴高兴吧。我只能在心中反复说着："是我的错。"

那次妻子摸了摸K的墓碑，说这个墓真不错。那座墓其实没有什么大不了，可能考虑到是我亲自到石铺里选定的，妻子才特意这么说的吧。我把这座新墓和我的新婚妻子，以及埋在地下的K未寒的白骨连起来一想，不能不感到命运对我的冷嘲。自那以后，我决定再也不和妻子一道去K的墓前拜祭了。

52

我对亡友的这种感觉始终持续着。其实我从一开始就害怕这种感觉，就连期待多年的婚礼，都可以说是在不安中举行的。但人毕竟无法看到自己的未来，看情况这没准也能成为一种新的转机，促使自己改变心境，进入崭新的生活。然而，如果以丈夫的身份和妻子朝夕相对，我这渺茫的希望就可能很快被残酷的现实一举摧毁。而当我面对妻子时，总是猝然感受到来自K的威胁。也就是说，妻子站在中间，把K和我紧紧地连在了一起。对妻子没有任何不满的我，唯独在这一点上想疏离她。但这样一来，妻子马上就会有所察觉。虽然有所察觉，却也不知道原因何在。妻子经常追问我，为何耽于思考，是不是有什么不称心的事情。如果能够一笑而过，倒也无妨，但有时候妻子也犟起来，最后索性抱怨道："你是看我碍眼吧？"或者说："你一定有什么事瞒着我。"面对妻子的抱怨，我每次都苦闷不已。

有好多次我都想豁出去，把一切如实告诉妻子，可是每到关键时刻，总有一种自我以外的力量突然扼住了我。你是理解我的，我本没有必要说明，但有的话还是要交代清楚。那时候的我完全无意在妻子面前掩饰什么。如果我以对待亡友那样的善良之心在妻子面前说出忏悔之辞，妻子一定会流着欣慰的泪水原谅我的罪过。我之所以没有这样做,并非计较这样做对于自己的利害关系。我只是不忍心在妻子的记忆里留下一丁点黑暗。你就这么理解吧,在纯白的东西上,毫不留情地甩下哪怕一滴黑墨,对我来说都是极大的痛苦。

过了一年,我还是对K的事无法忘怀,我的心时常感到不安。为了驱散这种不安,我尽量让自己沉溺于书堆里。我开始以极强的劲头投入学习,然后期待着有朝一日能有结果并为世人所知。但是勉强捏造出一个目标,并勉强地等待这个目标达成之日的到来——这些都太虚妄,因此我在这一过程中并不愉快。我到底无法潜心于书堆之中,于是又开始抱着胳膊观察这个世界。

妻子似乎觉得我是因为不为当下的生计烦恼,所以心境才能如此松弛。妻子家的财产不论如何都可以供母女两人坐而度日,我即使不去谋求生计也无妨,所以妻子这么想也是理所当然。我多少也觉得自己被宠坏了,但我不想涉世的主要原因并不在于此。虽然在被叔叔欺骗时,我无疑痛切地觉得不能仰仗于他人,但我同时又确切地认为都是他人有问题,我自己还是高尚的。我心里存在这样一个信念:无论这个世界如何不堪,我自己总还是一介君子。当我意识到这个信念已被K一举摧毁,自己已经沦为和那叔叔同样的小人时,我顿时战栗不已。我在厌恶他人的同时,也开始厌恶自己,终于再也无法涉世了。

53

　　没能把自己活埋在书堆中的我，有段时期试图将自己的灵魂浸入浑酒中以忘却自己。倒不是说我喜欢酒，而是我这人要喝的话也是能喝的，所以就依靠大量饮酒来麻醉内心。这种浅薄的捷径很快就使我变得更加厌世了。我在烂醉之中突然意识到自己的位置，意识到自己是个故意用这种把戏来伪装自己的蠢货。于是我的身体不由一震，眼睛和心灵也随之苏醒了。甚至有时候，我不管怎么喝都无法进入伪装状态，只是意识在下沉而已。况且，靠这点把戏获得快感之后，必定会产生忧郁性的副作用。我不得不在自己最爱的妻子和她母亲面前暴露这一面，而她们自然会站在自己的立场来分析我。

　　妻子的母亲似乎会不时对妻子说些不大中听的话，妻子都对我藏着掖着。但我依然故我，似乎只靠责备自己是心意难平的。妻子即便会责备我，用的也绝不是刺耳的言辞，因为不管她怎么说我，我几乎未曾被她惹恼过。妻子多次央求，如果有什么不称心的地方一定别顾虑，尽管讲出来，并劝我为将来考虑，不要再喝酒了。有一次她哭道："你最近整个人都变了。"如果只是这么说还好，她甚至还说道："如果K还活着，你也不至于变成这样吧。"我虽然曾经回答说有这个可能，但我回答的意思和妻子理解的意思截然不同，因此我心里充满悲伤。尽管如此，我还是无意向妻子解释什么。

我不时会向妻子道歉，大多是在醉酒晚归的第二天早上。妻子要么笑笑，要么默然不语，偶尔也会泪眼婆娑。但不管她是何种反应，我都很不愉快。所以我向妻子道歉无异于向自己道歉。最后我还是把酒戒了。与其说是在妻子的忠告下戒掉的，不如说是自己喝腻了才戒掉的。

虽然戒了酒，但我依然没心思做任何事情，无奈之下只好读书。但读起来也就是随便翻翻，之后就搁在一边了。妻子时常问我为何目的而读书，我只好苦笑以对。但在我心底，一想到就连世界上自己最爱的人都不理解自己，不由得黯然神伤。转而想到明明有令其理解自己的手段，却没有令其理解的勇气，就越发难过起来。我很寂寞，经常觉得自己已经切断了和周遭的所有关系，只是一人苟活于世而已。

同时，我反复思考K的死因。也许因为当时我的脑袋只为"爱"这个字所支配，我的观察是简单的、直线型的，我立刻断定K是因为失恋而自杀的。但当我以慢慢平静下来的心境面对同一现象时，又觉得并不能草率地对这个问题下结论。现实和理想的冲突——即便如此，答案还是不够充分。最后我开始怀疑，他是因为像我一样无法忍耐寂寞才突然走上绝路的。思虑及此，我不寒而栗。我预感到自己和K一样，走在他曾经走过的道路上，这种预感像风一样不时穿过我的胸膛。

54

过了不久，妻子的母亲生病了。请医生一看，医生诊断说已经回天无力了。我竭尽所能地予以照顾。这是为了病人自身，也是为了我心爱的妻子。从更大的意义上说，这是为了人类。在此之前，我一定也非常想做点什么，却完全无能为力，不得已才袖手旁观的。就在这个时候，我才感觉到与世隔绝的我终于可以主动伸出手做点好事了，我是被一种必须称之为"赎罪"的心情支配着的。

妻子的母亲死了，只剩下我和妻子两人。妻子对我说，她以后在世上只能依靠我一个人了。而我连自身都难保，看着妻子，我不由得泛起泪水。我心想，妻子真是个不幸的女人，并且也这么和她说了。妻子问我何故，她并不明白我的意思，而我也无法向她解释。妻子哭了，我很后悔，正因为自己平日总是怀着扭曲的念头观察她，才致使我说出了这样的话。

妻子的母亲去世后，我尽量对妻子温柔以待。这不仅是因为我爱着妻子本人，而且还似乎有和她个人无关的更宏大的背景，这和我照顾妻子的母亲时的心境如出一辙。妻子看起来很是满足。但那满足的背后，似乎包含着某种因为不理解我而产生的朦胧、淡薄的东西。不过，即使妻子能够理解我，这种美中不足的感觉似乎也无增无减。比起来自广义的人道立场的爱情，哪怕多少偏离常理，女人也更喜欢集别人的温柔、关注于一身。我觉得女人的这种特质比男人更突出。

有一次，妻子说，为什么男人的心和女人的心无论如何也不能完全融合为一体呢？我模棱两可地应道，大概只限于年轻时候吧。妻子似乎回想了一下自己的过去，而后轻轻地发出一声叹息。

从那时开始，我的胸际不时会闪过可怕的阴影。最初只是偶尔自外围袭来，让我不寒而栗。但是过了不久，我的心就开始应和起那可怕的一闪。最后，即使外围并没有阴影袭来，我也觉得那东西似乎与生俱来地潜伏在我的心底。每当我有这种情绪时，我就怀疑自己的脑袋是否出了什么毛病，但我从来无意去找医生或其他人为我诊断一下。

我只是痛切地感受到生而为人的罪恶。这种感觉驱使我每个月都去K的墓前，驱使我照顾妻子的母亲，也命令我要对妻子好一些。因为这种感觉，我甚至想让路边的陌生人鞭打我一顿。在这样的过程中徐徐行进时，我开始觉得，与其让别人鞭打，还不如我直接鞭打自己。与其自己鞭打自己，还不如自己杀了自己。我实在无计可施，于是决定抱着已死的心态苟活下去。

我下了这样的决心后，迄今为止又过了多少年呢？我和妻子还像以前那样相敬如宾。我和妻子并非不幸，而是幸福的。但我身上的某一点，对我来说非同寻常的一点，在妻子看来却犹如黑暗。一想到这里，我就觉得十分愧对妻子。

55

　　决心以世人的心态苟活的我，时常会由于外界的刺激而蠢蠢欲动。当我想要找到哪个方位突围出去时，却不知从何处冷不丁窜出一股可怕的力量，紧紧地裹挟着我的心，使它丝毫动弹不得。然后那股力量居高临下地对我说："你没有资格做任何事情！"我顿时在这句话面前委顿了下来。少顷，当我再次试图站起来时，心又被狠狠地一拽。我咬紧牙关，怒吼着："为什么要来妨碍我？！"那股不可思议的力量只是兀自发出冷冷的笑声，并说道："你这是明知故问！"于是我又怏怏地颓败了下来。

　　你就这样认为好了，表面上看似波澜不惊、单调乏味的我，其实内心经常充斥着这样的苦战。在怒我不争的妻子面前，我不知道有多少次对自己大为光火，且程度数倍于她。当我再也无法忍受在这个牢笼中纹丝不动时，又或者当我无论如何也无法从这个牢笼中突围之时，我开始意识到，对于我来说，最不费力就能做到的只有自杀这件事情了。或许你会瞪大了眼睛问我是何原因，我只能告诉你，因为那股总是裹挟着我心灵的诡异可怕的力量，尽管它在所有方面把我的活动团团封死，但唯独留下了一条我可以自由进入的死亡之路。如果能待着不动倒也罢了，但我哪怕只是稍微动弹一下，就只能沿着那条路行进，别无他法。

到今天为止，我曾经两三次决意要朝着命运指引我的最容易的这个方向行进，但每次我的心都牵挂着妻子。我当然没有勇气带着妻子一同走向那条路。我连向妻子如实坦陈一切都无法做到，更遑论要剥夺妻子的生命，以作为对自己命运的献祭。这种事哪怕想想都觉得恐怖至极。就像我有我的宿命一样，妻子也自有她的命数。两人捆绑在一起共赴火海，在我看来不仅牵强，而且是一种痛入骨髓的极端行径。

我想象着我死后妻子的境况，对她十分怜悯。她母亲死时，她说过这个世上只能依靠我一个人了，这句话如沁入肝肠一般，令我至今难忘。我总是踌躇不决，望着妻子的脸，也曾经想过活着也挺好。但下一刻又陷入动弹不得的境地，然后妻子又会用她饱含着不满的眼神看向我。

请你记住，我就是这样活下来的。和你初次在镰仓相遇的时候也好，和你一道在郊外散步的时候也罢，我的情绪都没有多大的变化。我的身后一直都有一道黑影紧跟不辍。我就像是为了妻子，才被命运牵引着在人世间行走一般。你毕业后回老家的时候也一样，当时我和你约定到了九月份再会，并不是撒谎。我真的很想再见到你。秋去冬来，而后冬天也会过去，我想自己一定会再与你相见。

在夏天最热的那阵子，明治天皇驾崩了。当时我觉得明治精神似乎始于明治天皇，也终于明治天皇。受明治天皇影响最深的我，如果再苟延残喘，也毕竟落后于时代了，这种感觉剧烈地撞击着我的胸口。我明确地向妻子说了这件事。妻子只是笑笑，并没有回应我。突然，她不知道想起了什么，竟向我戏谑般说道："那你就去殉死好了。"

56

我几乎已经忘记"殉死"这个词了。平时没机会用上，沉在记忆的底部，看起来都要腐朽了。听到妻子的玩笑我才想起这个词，于是回应妻子道："假如我要殉死，就为明治精神殉死。"我的回答当然是开玩笑，但我当时总觉得，这个老旧不用的词语已经被赋予了新的含义。

之后，大约过了一个月，在明治天皇的大葬之夜，我像平常一样坐在书房里，听着报丧的炮声。那炮声听起来仿佛在昭告明治已经永远地离去了。事后想来，那也昭告着乃木大将的永远离去。我手里拿着号外，不由得连声向妻子说道："殉死吧，殉死吧。"

我在报纸上读到乃木大将临死前写下的遗书。当我读到"自西南战争[①]失旗帜于敌军之后，余本数次欲一死以谢天下，竟而苟活至今"一句的时候，不由得掐指计算乃木大将决意自杀后究

[①] 发生于1877年，是明治维新功臣之一的西乡隆盛为代表的封建势力发动的反明治政府的叛乱，当年失败。

竟又活了多少年。西南战争发生于明治十年，与明治四十五年已经相去三十五载。这三十五年之中，乃木大将似乎一直在等待赴死的机会。我思忖着，对于这样的人而言，是苟活三十五年更痛苦，还是引刀自裁的那一刹那更加痛苦呢？

此后又过了两三天，我终于决心自杀了。正如我不大清楚乃木的死因一样，你或许也难以明白我为何自杀。如果是这样的话，那也是时势推移造成的人与人的差异所导致的，是无可奈何的。或者是人的个性差异导致的，这样说，应该会更加确切吧。我自认为为了使你理解这个莫名其妙的我，我已经在以上叙述中竭尽所能。

我将抛下妻子独自远行。唯一令我欣慰的是，即使我不在了，妻子也没有衣食起居方面的后顾之忧。我不愿让妻子经受残酷的惊吓。我打算在自己死去时不让妻子目睹鲜血的颜色。我要在妻子不知不觉间悄然离开这个世界。我死后，希望妻子以为我是猝死，即使以为我是因失心疯而死，我也没有遗憾。

从我决心赴死的那天算起，已经过去十来天了。你就当我把其中的大部分时间都用于给你写这冗长的自白书了吧。刚开始我是打算当面告诉你的，但写着写着，我反而觉得这样更能清晰地表达自己所想，不由为之欣然。我并非心血来潮写下这些文字的，作为人的经验的一部分，我的过去造就了今天的我，除了我之外，也没有任何人可以讲述它。于是我毫不修饰地将其原样写下，我觉得这种努力在了解人性方面，无论是对你，还是对其他人，应该都不会是徒劳。前阵子我听说渡边华山为了创作一幅名叫《邯郸》的画,将自己的生命往后抻了整整一周。可能在他人看来那完全是多余的,但他本人心里一定有自身相应的诉求,并且不完成就不肯瞑目吧。我的这份努力也并非只是为了完成对你的承诺,而多半是在自我要求驱动下的结果。

但我现在已经满足了自己的需求,再也无事可做了。这封信落到你手上的时候,我应该已经不在人世了,大概早已死去多时了吧。妻子十多天前就到市谷的婶婶家去了。婶婶生病,缺少人手照料,是我劝她去的。这封长信的大部分内容就是在妻子离开时写下的。妻子有时会回来,她一回来我就赶紧把信藏起来。

无论是善是恶,我都打算将我的过去坦然供他人参考。但妻子是唯一的例外,这点请你务必答应我。我不想让妻子知道这一切。让妻子的记忆中与我过去相关的方面尽可能保持清白,是我唯一的愿望。既然在我死后,妻子会继续活下去,那么这一段关于我的秘密,我只对你一人公开,就请你悉数深藏心底,直到永远。

夏目漱石作品年表

夏目漱石在日本近代文学史上享有很高的地位。纵观他一生的创作，会发现他一直关心社会现实，希望通过文学作品反映生活，特别是知识分子的生活，希望以文学的真善美唤醒日本民众内心沉睡的良知。

夏目漱石的作品坚持现实主义的创作方法，风格朴实幽默，描写生动感人，达到了相当高的艺术水平。

他的作品大致可以分为三个时期：

早期创作受两种思想的支配，即同现实抗争和逃避这种抗争。在这样的创作思想之下，他写成了《哥儿》《疾风》等贯串着主观反抗的作品，同时也有像《旅宿》《伦敦塔》这类充斥着浪漫主义风格的小说。

在第二时期的创作中，夏目漱石最引人注目的是"爱情三部曲"，即《三四郎》《后来的事》和《门》。作者希望在这三部作品中表现明治时代知识分子的生活道路问题，描写他们不满现实而又无力抗争的状况，其中又隐含着对使知识分子产生这类心态的明治社会的揭露和批判。

被称为"后爱情三部曲"的《春分之后》《行人》《心》都是以知识分子的恋爱为题材。夏目漱石认识到，社会黑暗的背后潜藏着人性的黑暗，正是人类自身在制造社会悲剧。所以，他从批判社会现实转向剖析人的内心世界，揭示人性的丑恶，描写由利己主义、个人主义酿出的悲剧。

1905

1月

长篇小说《我是猫》开始在《杜鹃》杂志上连载。该小说以独特的艺术风格、强烈的讽刺和批判精神，惊动了日本文坛，并为夏目漱石赢得了文学声誉。

发表《伦敦塔》。这篇作品是夏目漱石根据留英时期参观伦敦塔的体验，以幻想与现实交错的笔法写成的一篇幻象诗。

发表随笔《卡莱尔博物馆》。

4月

发表《幻影之盾》。

7月

发表《琴之空音》。

9月

发表《一夜》。

发表《薤露行》。

1906

4月

发表中篇小说《哥儿》。大胆揭露了教育界的黑暗面,打碎了知识分子的虚假面具,充分展现了作者批判现实主义的风格。

9月

发表中篇散文体小说《草枕》。

10月

发表《二百十日》。

1907

1月

发表《野分》。

5月

发表评论《文学论》。夏目漱石在东京大学授课时的讲义,也是世界上第一部从心理美学、读者接受的角度写成的文学原理著作。

6月

《虞美人草》开始连载。上田仁志评论这部作品为夏目漱石前期作品的集大成之作,又能看到后期代表作的萌芽。

1908

1月

《坑夫》开始连载。

6月

发表《文鸟》。

7月

《梦十夜》开始连载。这部作品以"梦"的形式，反映出作者对爱情、亲情、童年与人生的深刻体悟。

9月

《三四郎》开始连载。这部作品与《从此以后》《门》构成了"爱情三部曲"。

1909

1月

《永日小品》开始连载。

3月

发表《文学评论》。

6月

《从此以后》开始连载。

1910

3月

《门》开始连载。

1912

1月

《春分之后》开始连载。这部作品与《行人》《心》构成了"后爱情三部曲"。

12月

《行人》开始连载。

1914

4月

《心》开始连载。

1915

1月

《玻璃门内》开始连载。

6月

《道草》开始连载。

1916

5月

《明暗》开始连载。遗憾的是,这部作品尚未完成,夏目漱石便于1916年12月去世。

出 品 人：许　永
出版统筹：林园林
责任编辑：许宗华
特邀编辑：江璐欣
封面设计：海　云
内文制作：万　雪
印制总监：蒋　波
发行总监：田峰峥

投稿信箱：cmsdbj@163.com
发　　行：北京创美汇品图书有限公司
发行热线：010-59799930